ALEXANDER MEINING

Die Käppele-Verschwörung

DAS ENDE DER MONARCHIE? Königreich Bayern im Jahre 1890: Schon seit Jahren wird König Otto aufgrund seiner Geisteskrankheit vor dem eigenen Volk versteckt. Doch Prinzessin Therese von Bayern, Ottos Cousine, will das nicht mehr hinnehmen. Sie wünscht eine Behandlung des Königs durch Herrn Professor Rieger in der renommierten Würzburger Universitätsklinik. Georg Hiebler, Leiter des Nachrichtenbureaus des Königreichs, begleitet das Paar, welches unter falschem Namen die Reise antritt. Kaum in Würzburg angekommen, dreht der König durch, seine Tarnung droht aufzufliegen. Aber nicht nur das: Deutschnationale Kräfte, denen die Bayerische Monarchie schon länger ein Dorn im Auge ist, erkennen die Gunst der Stunde und nutzen Ottos Aufenthalt in Würzburg für ihre eigenen, mörderischen Pläne. Was für Hiebler als gemächlicher Ausflug gedacht war, wird schließlich zu einem Kampf auf Leben und Tod.

© privat

Geboren und aufgewachsen ist Alexander Meining in München. Dort begann er Geschichte zu studieren, bevor er zur Medizin wechselte. Inzwischen lebt, arbeitet und schreibt er in Würzburg. »Die Käppele-Verschwörung« ist nach »Mord im Ringpark« und »Würzburger Dynamit« der dritte Teil der im Gmeiner-Verlag erschienenen »Georg-Hiebler-Reihe«. Erneut ist das schöne Würzburg des ausgehenden 19. Jahrhundert die Kulisse. Reale Personen und historische Ereignisse bieten hierbei den Rahmen für fiktive Geschichten, bei denen der Schauplatz, die Epoche, die Charaktere und die Spannung im Vordergrund stehen.

ALEXANDER MEINING

Die Käppele-Verschwörung

Historischer Roman

Die automatisierte Analyse des Werkes, um daraus Informationen
insbesondere über Muster, Trends und Korrelationen gemäß § 44b UrhG
(»Text und Data Mining«) zu gewinnen, ist untersagt.

Bei Fragen zur Produktsicherheit gemäß der Verordnung über die allgemeine Produktsicherheit (GPSR) wenden Sie sich bitte an den Verlag.

Immer informiert

Spannung pur – mit unserem Newsletter informieren wir Sie
regelmäßig über Wissenswertes aus unserer Bücherwelt.

Gefällt mir!

Facebook: @Gmeiner.Verlag
Instagram: @gmeinerverlag

Besuchen Sie uns im Internet:
www.gmeiner-verlag.de

© 2024 – Gmeiner-Verlag GmbH
Im Ehnried 5, 88605 Meßkirch
Telefon 0 75 75 / 20 95 - 0
info@gmeiner-verlag.de
Alle Rechte vorbehalten
2. Auflage 2025

Lektorat: Claudia Senghaas, Kirchardt
Satz: Mirjam Hecht
Umschlaggestaltung: U.O.R.G. Lutz Eberle, Stuttgart
unter Verwendung des Bildes von: © https://commons.wikimedia.org/wiki/File:Chapel,_W%C3%BCrzburg,_Bavaria,_Germany-LCCN2002720618.jpg
Druck: CPI books GmbH, Leck
Printed in Germany
ISBN 978-3-8392-0684-3

Die meisten Personen und ein Großteil der Handlung sind frei erfunden. Ähnlichkeiten mit lebenden oder toten Personen sind rein zufällig und nicht beabsichtigt.

Personenregister Historischer Personen

Professor von Grashey (Psychiater, München)

Doktor Max Hubrich (Psychiater, Werneck)

Otto I. (König von Bayern)

Prinzessin Therese von Bayern (Tochter des Prinzregenten und Cousine Ottos)

Professor Konrad Rieger (Psychiater, Würzburg)

Professor Adam Kunkel (Toxikologe, Würzburg)

Maximilian Freiherr von Feilitzsch (Staatsminister des Innern, Königreich Bayern)

Luitpold von Bayern (Prinzregent des Königreichs Bayern)

Ludwig, Leopold und Arnulf von Bayern (Söhne des Prinzregenten)

Professor Max von Pettenkofer (Vorsitzender der Bayerischen Akademie der Wissenschaften, München)

Prolog

März 1890

DIE DREI MÄNNER teilten sich eine Kutsche. Der älteste der Gruppe, Hermann Schnack, Abgeordneter des bayerischen Landtags und Mitglied der Zentrumspartei, blätterte in einer Zeitung und kraulte sich währenddessen seinen langen grauen Bart. Ihm gegenüber saß Herr Professor von Grashey und unterzeichnete in einer Unterschriftenmappe eine schier nicht enden wollende Flut von Arztbriefen. Doktor Hubrich, der dritte in der Gruppe und ärztlicher Leiter der Kreisirrenanstalt im unterfränkischen Werneck, schaute aus dem Fenster. Er schob den Kragen etwas zur Seite und kratzte sich an seinem frisch rasierten Hals. Still beobachtete er die Bäume links und rechts entlang des Weges in gemächlicher Geschwindigkeit an der Kutsche vorbeiziehen. Es war ein milder und sonniger Frühlingstag. Neben dem rhythmischen Geklapper der Hufe auf dem Kiesweg und den Rollgeräuschen der Räder drang lautes Vogelgezwitscher durch das offene Kutschenfenster.

Von Grashey unterzeichnete einen weiteren Brief.

Dann klappte er die Unterschriftenmappe zu, blickte hoch und sah ebenfalls aus dem Fenster.

»Sie sind das erste Mal dabei, Herr Kollege«, sprach er Hubrich an. »Aber seien Sie beruhigt. Der Besuch des hohen Patienten ist eine reine Routineangelegenheit. Die jährliche Pro-forma-Untersuchung eines armen Kranken, der nie mehr wieder gesund wird.«

Hubrich hob die Augenbrauen und blickte verwundert auf Grashey.

»Wissen Sie, Herr Hubrich«, fuhr dieser fort, »ich mache das mittlerweile seit vier Jahren. Es ist immer das Gleiche, aber der Landtag verlangt jedes Jahr ein neues Attest.«

Abgeordneter Schnack sah von seiner Zeitung hoch. Er blickte zuerst auf Hubrich und dann auf Grashey. »Hat schon seinen Grund, Herr Professor«, sagte er lächelnd.

Von Grashey seufzte frustriert. »Vorher war mein Schwiegervater, Bernhard von Gudden, für den hohen Patienten zuständig. Leider weilt er ja nicht mehr unter uns. Wie Sie wissen, hat der andere hohe Patient, Seine Majestät Ludwig II., ihn mit in den Tod genommen. Und jetzt bin eben ich als Nachfolger meines Schwiegervaters in der Pflicht, die geistige Gesundheit oder eben Krankheit der Wittelsbacher zu attestieren. Ob mir das in Anbetracht des Schicksals meines Schwiegervaters gefällt oder nicht.«

»Herr Kollege, Professor von Guddens tragischer Tod ist mehr als bedauerlich«, sagte endlich Hubrich, der bisher geschwiegen hatte. »Und dennoch weigere ich mich, diese verantwortungsvolle Aufgabe als lästige Pflicht zu erachten und die Untersuchung des Patienten nur als Lappalie zu bezeichnen. Für mich ist die heutige Konsultation eine Ehre. Ich fühle mich verpflichtet, mir entsprechend meines Wissens und basierend auf den neuesten wissenschaftlichen Erkenntnissen ein gänzlich unbelastetes Bild vom Zustand unseres Patienten zu machen. Schließlich ist König Otto I. als Bruder von Ludwig II. dessen rechtmäßiger Nachfolger auf dem Königsthron. Obwohl, wie wir natürlich alle wissen, mittlerweile Bayern vom Prinzregenten Luitpold regiert wird, so ist er dennoch unser König. Aus diesem Grunde habe ich die weite Reise nach München angetreten. Ich will Ihrer Diagnose nicht widersprechen, aber dennoch denke ich, dass es schon seinen Grund haben wird, wenn der Landtagspräsident mich um meine Dienste bittet.«

Schnack grinste erneut.

»Hm, meinen Sie?«, erwiderte von Grashey gelassen. Er legte die Unterschriftenmappe neben sich, nahm die Brille ab und putzte die Gläser mit einem weißen Seidentuch, das er aus der Innentasche seines Jacketts zog. »Sie werden sehen, Herr Kollege, selten ist eine Diagnose so einfach zu stellen gewesen wie die unseres hohen Patienten. Tag und Nacht kümmern sich zwei meiner Assistenzärzte nur um ihn. Die jungen Kollegen werden Ihnen auch nichts anderes berichten, als dass es sich um eine schwere Form der Dementia praecox handelt. Wahnvorstellungen vermengt mit einer fortschreitenden Abnahme der kognitiven Leistungen.«

Hubrich hob zweifelnd die rechte Augenbraue hoch, dann wandte er sich wieder ab und blickte aus dem Fenster.

Schnack widmete sich wieder der Zeitungslektüre.

Von Grashey steckte das Tuch ein, setzte die Brille auf und zog aus seiner Westentasche eine goldene Taschenuhr hervor. Er klappte den Deckel auf. »Vor einer guten halben Stunde sind wir los. Eigentlich müssten wir jeden Moment da sein«, sagte er. Dann klappte er den Deckel wieder zu, steckte die Uhr ein und beugte sich vor, um erneut aus dem Fenster zu sehen. »Na, da sind wir doch schon: Schloss Fürstenried – die teuerste Irrenanstalt der Welt.«

In diesem Moment hielt die Kutsche. Die drei Männer stiegen aus, setzten ihre Zylinderhüte auf und zogen die Jacken gerade. Schnack wies den Kutscher an zu warten. Dann gingen sie gemeinsam über den Kies der Auffahrt zu der Eingangstür.

Zwei uniformierte Soldaten standen auf den Stufen vor dem Eingang. Die Wachsoldaten schienen die Gruppe schon erwartet zu haben. Gelangweilt salutierten sie und öffneten die schwere Tür des Schlosses.

Hubrich, Schnack und von Grashey kamen in ein weitläufiges Vestibül. Im Gegensatz zu der schmucken Barockfassade des Anfang des 18. Jahrhunderts erbauten ehemaligen Jagdschlosses, war der Innenraum nüchtern, kahl und ohne Möbel. Zu Hubrichs Überraschung waren sämtliche Kanten im Raum sowie das Geländer der in den ersten Stock führenden Treppe mit dicken

Stoffen gepolstert. Die Türen zu den Räumen im Erdgeschoss wiesen keine Klinken, sondern einen runden Knauf auf.

Nachdem die drei Männer das Schloss betreten hatten, wurden sie von einem Diener empfangen, der ihnen wortlos Hüte und Mäntel abnahm. Vor einem nach rechts abgehendem Raum standen zwei weitere Wachsoldaten, die beide salutierten, als sie die Gruppe sahen.

»Wie viele Soldaten sind hier eigentlich abkommandiert?«, fragte Hubrich den Abgeordneten Schnack.

In diesem Moment kam ein Offizier die Treppe herunter. »Es sind mit mir genau zwei Dutzend, die für den Schutz und die Sicherheit Seiner Majestät sorgen«, antwortete der Mann, der Hubrichs Frage scheinbar vernommen hatte.

Schnack schüttelte dem Offizier die Hand. »Herr Oberst Gattlinger! Erneut ist ein Jahr vergangen. So sieht man sich wieder. Den Herrn Professor von Grashey kennen Sie ja inzwischen. Heute neu in der Runde ist Herr Doktor Hubrich.«

Oberst Gattlinger schüttelte freundlich lächelnd die Hände der anderen beiden Männer. »Willkommen im Schloss Fürstenried«, sagte er und machte eine angedeutete Verbeugung. »Um Ihre Frage weiter zu beantworten, Herr Doktor«, fuhr Gattlinger an Hubrich gewandt fort, »neben den 24 Soldaten sind hier im Schloss noch vier Diener, vier Pfleger und ein Koch tätig. Bis auf Letzteren und meine Person arbeiten alle im Schichtdienst. Tag und Nacht, zu jeder Stunde wird für Majestät gesorgt.«

»Und wie steht es um den hohen Patienten?«, fragte von Grashey.

»Diese Beurteilung liegt außerhalb meines Tätigkeitsbereiches, Herr Professor. Ich habe andere Aufgaben zu erfüllen – aber das wissen Sie ja«, antwortete er mit dem Anflug eines Lächelns.

»Na gut! Dann werden wir wohl jetzt unserer Aufgabe nachkommen«, erwiderte von Grashey. »Wo finden wir Seine Majestät?«

Oberst Gattlinger gab den beiden Wachsoldaten vor der Tür ein Zeichen. Die Männer nickten, einer öffnete die Tür und steckte seinen Kopf durch den Türspalt. Er murmelte etwas in den Raum, was für die in der Eingangshalle Stehenden nicht vernehmbar war. Dann hörte man eine weitere Stimme aus dem Raum antworten. Es folgte ein kurzer Wortwechsel. Der Soldat ging wieder einen Schritt zurück und schloss die Tür hinter sich.

»Melde gehorsamst«, begann er schließlich, »der Kammerdiener Seiner Majestät lässt verlauten, dass Majestät aktuell keinen Besuch zu empfangen wünscht.«

Gattlinger ging zu dem Wachsoldaten und positionierte sich einen Meter vor ihm. »Welcher Pfleger hat gerade Dienst?«, fragte er schroff.

»Der Pfleger Franz, Herr Oberst. Und mit ihm ist der Kammerdiener Bernhard im Raum. Seine Majestät haben laut Auskunft der beiden seit drei Tagen nichts mehr gegessen. Man versuche im Moment geduldig, Majestät zu bewegen, seine Mahlzeit einzunehmen.«

»Das ist doch nicht neu, dass er außer Zigarren und Zigaretten nichts zu sich nimmt – dieser Hungerkünstler«, spottete Gattlinger. »Öffnen Sie die Tür, die Kommission hat eine Aufgabe zu erfüllen.«

»Sehr wohl, Herr Oberst«, erwiderte der Soldat und tat wie geheißen.

»Bitte, meine Herren«, sagte Gattlinger und winkte Hubrich, von Grashey und Schnack zu sich.

Es folgte ein kurzes Nicken der drei Männer, dann gingen sie los.

»Ich sagte doch: jetzt nicht!«, rief ein Pfleger aus dem Raum, als er die offene Tür und die sich nähernde Gruppe wahrnahm.

»Seien Sie still!«, befahl Gattlinger. »Die Kommission muss mit ihrer jährlichen Untersuchung beginnen.«

Gefolgt von den anderen beiden, schritt Hubrich neugierig durch die Tür. Zunächst erblickte er Pfleger Franz, einen großen, wuchtigen Mann mit kahl geschorenem Kopf und langem, nach oben gezwirbeltem Schnurrbart, der mit einer Mischung aus Überraschung und Ärger auf die unwillkommenen Gäste reagierte. Dann sah sich Hubrich im Raum um. Die Wände waren zu seiner Verwunderung durchgehend mit Matratzen gepolstert. In der Mitte des Raums war ein weiterer Mann, der Kammerdiener, der gerade einen kleinen Tisch deckte, vor dem ein einzelner Stuhl stand. Aus einer dunklen Ecke hörte Hubrich ein seltsames, monotones Gemurmel: »Lu, La, Lu … Lu, Lu, Lu … Lu, La,

Lu …« Hubrich ging zwei Schritte weiter in den Raum und drehte sich in Richtung der Geräuschquelle. Er sah einen hageren Mann, der kontinuierlich drei Schritte vor und anschließend wieder drei Schritte zurück ging. Der Mann starrte auf den Boden und hielt beide Hände vor der Brust ineinander verschränkt. Unaufhörlich kratzte er sich abwechselnd mit der linken und rechten Hand am jeweils anderen Unterarm. »Lu, La, Lu … Lu, Lu, Lu …«, murmelte er weiter vor sich hin.

Die Person machte einen jämmerlichen Eindruck. Die Haare standen wirr vom Kopf ab, der Bart war ungekämmt und ungepflegt. Er trug ein schmutziges Hemd, ansonsten schien er nackt zu sein. Das lange Hemd bedeckte zwar den Unterleib. Stuhl- und Urinflecken waren jedoch auf dem weißen Stoff deutlich sichtbar.

»Das ist …, das ist der …?«, stammelte Hubrich.

»Das ist Seine Majestät, König Otto I. von Bayern!«, ergänzte von Grashey.

Hubrich ging langsam auf den König zu und machte eine Verbeugung.

Otto nahm den Arzt nicht wahr. Er kratzte sich und ging, weiter vor sich hin murmelnd, auf und ab – drei Schritte vor und drei zurück.

»Ich weiß doch, dass die Kommission heute kommt, aber hätten Sie nicht wenigstens noch ein bisschen draußen warten können?«, fragte Franz genervt Oberst Gattlinger. »Mit etwas Geduld hätten wir Seiner Majestät wenigstens eine Decke um den Schoß wickeln und ihn an den Tisch setzen können.«

»Na ja, ich lass Sie dann mal Ihrer Tätigkeit nachgehen«, sagte Gattlinger zu Hubrich, ohne auf die Frage einzugehen. Er verließ rasch den Raum und ließ die Tür mit einem Krach ins Schloss fallen.

Das laute Geräusch ließ Otto schlagartig innehalten. Jetzt ging er langsam auf Hubrich zu und starrte ihn an. Instinktiv trat Hubrich einen Schritt zurück. Dann hob Otto seinen rechten Arm. »Ja … ja … ist der Glabaratsch!«, schrie er plötzlich. »Glabaratsch! Ich weiß! … der Teufel!«, rief er ein weiteres Mal.

Kurz hatte man den Eindruck, dass er mit der Hand auf Hubrich einschlagen wollte, dann fiel er jedoch wieder in sich zusammen und setzte seinen monotonen Singsang mit den Schritten – drei vor und drei zurück – fort.

»Seine Majestät scheint Wahnvorstellung zu haben«, rief Hubrich von Grashey zu, der stumm nickte.

»Majestät, hier sind die beiden angekündigten Medizinprofessoren und der Herr Landtagsabgeordnete, welche bitten, ihre Aufwartung machen zu dürfen«, sagte Franz. Er ging langsam zu Otto und hielt ihn sanft am Arm.

»Schleich dich!«, rief Otto barsch zu seinem Pfleger. »Hörst du's denn nicht? Da spricht der Glabaratsch!«

Otto versuchte jetzt, sich dem Griff des Pflegers zu entziehen und auf Doktor Hubrich loszustürmen. »Der Glabaratsch! Der Datsch!«, schrie er voller Zorn. Als er spürte, dass er sich dem Griff des Pflegers nicht entziehen konnte, trat er mit den Beinen in Richtung des Doktors und spuckte auf ihn.

»Ist gut, Otto«, besänftigte ihn der Pfleger. »Jetzt komm, sei brav, setzt dich an den Tisch und schau, dass du was isst!«

Hubrich, der mittlerweile zwei weitere Schritte von dem um sich schlagenden und spuckenden Otto zurückgewichen war, war überrascht, dass der Pfleger den König wie einen Bauernbuben ansprach. Aber die Sache schien zu wirken. Wie ein Kind ließ sich Otto von Franz an den Tisch führen. Er setzte sich artig auf den Stuhl und starrte auf den gedeckten Tisch. Vor ihm waren ein belegtes Brot sowie eine Schüssel mit Brei angerichtet. Dann legte der Kammerdiener dem König eine Decke auf den Schoß und schenkte ihm eine Tasse Tee ein.

»Wie geht es Euch, Majestät?«, fragte schließlich von Grashey und näherte sich langsam dem König.

Der Angesprochene reagierte nicht. Otto kratzte sich am Kopf und blickte verwirrt auf den Tisch. »Wo sind die Zigaretten?«, fragte er. »Wo ... sind ... die ... Zigaretten? Ich muss rauchen.«

Sofort eilte der Kammerdiener mit einem kleinen silbernen Tablett, auf dem ein Zigarettenetui und eine Schachtel Streichhölzer lagen, an den Tisch.

»Ha, ha! Hab dich überlistet!«, sprach der König mit einer imaginären Person und begann zu kichern. »Das mag er nicht, das mag er nicht – der Glabaratsch, der Datsch.«

»Können Sie uns denn sagen, was er nicht mag, dieser Glabaratsch?«, fragte von Grashey.

Otto blickte hoch und sah Grashey in die Augen. »Pst«, machte er und hielt den rechten Zeigefinger vor den Mund. Er blickte suchend nach rechts und nach links und flüsterte: »Der Glabaratsch ... Lu ... Lu ... Lu ... das mag er nicht, das mag er nicht.« Plötzlich verharrte sein Blick auf dem immer noch fassungslosen Hubrich. »Weiß schon, wer du bist«, fuhr Otto fort und spuckte erneut in seine Richtung. »Brauchst dich nicht verstecken.«

»Otto, lass das!«, ging Franz dazwischen.

Der König blickte kurz auf seinen Pfleger und wandte sich dann wieder dem gedeckten Tisch zu. »Das mag er nicht, das mag er nicht«, brabbelte er vor sich hin.

»Was mag er denn nicht?«, fragte Grashey.

»Tabak, Tabak, Tabak – Dabak ...«, murmelte Otto, griff sich eine Zigarette aus dem silbernen Etui und steckte sie sich in den linken Mundwinkel. Dann öffnete er die Streichholzschachtel und zündete ein Holz an. Statt sich jedoch damit die Zigarette anzustecken, warf er das brennende Streichholz in die Schachtel zurück. Es folgte ein kurzes Zischen, bis die gesamte Schachtel auf dem Tablett lichterloh zu brennen anfing. Otto erfreute sich sichtlich an dem Feuer, nahm das gesamte Tablett, hielt es sich vor das Gesicht und steckte sich an der etwa zehn Zentimeter nach oben lodernden Flamme seine Zigarette an. Anschließend stellte er das Tablett wieder auf den Tisch, zog tief an der glimmenden Zigarette und betrachtete, wie das Feuer langsam erlosch. Es schien für ihn die normalste Art zu sein, sich so eine Zigarette anzuzünden.

Dann räumte der Kammerdiener rasch das Tablett wieder weg. »Sie können sich nicht vorstellen, was wir für einen Verbrauch an Streichholzschachteln haben«, sprach der Diener im Vorbeigehen in Grasheys und Schnacks Richtung. »Das sind bis zu 40 Schachteln pro Tag – nicht pro Monat.«

»Sie meinen also, dass der Tabak die Person vertreibt, die Sie Glabaratsch nennen?«, versuchte es Grashey erneut mit dem König.

Otto antwortete nicht. Er inhalierte stumm den Rauch seiner Zigarette.

»Majestät?«, versuchte es nun Hubrich. »Können Sie uns sagen, welchen Tag wir heute haben?«

Otto blickte kurz erschrocken auf Hubrich, dann steckte er die Zigarette in den Brei, der vor ihm in der Schüssel war. Anschließend zog er den erloschenen Stummel wieder heraus und überzeugte sich, dass die Glut ausgegangen war. Er zerrieb das verbliebene Papier, sodass die Tabakkrümel auf den Brei fielen. Dann nahm er einen Löffel, rührte die Krümel sorgfältig in den Brei und begann schließlich, das Tabak-Brei-Gemisch gierig zu essen.

»Otto, hör sofort auf damit!«, rief Pfleger Franz und eilte zu ihm an den Tisch. »Das ist giftig!«

In diesem Moment schob sich Otto rasch zwei weitere Löffel in den Mund, nahm die Schüssel, stand auf und warf den Brei auf Hubrich. Dann stürmte er auf den armen bekleckerten Arzt zu und spuckte ihm Breireste auf Hemd und Jackett. »Tabak, Dabak, der Glabaratsch, Tabak – Dabak«, schrie er und schlug auf Hubrich ein.

Schnack und Grashey eilten hinzu und schirmten den sichtlich schockierten Doktor ab, während Franz den König von hinten umklammerte und mit aller Kraft zurückzog. Wütend versuchte dieser, mit nackten Beinen Tritte gegen Hubrich zu setzen. »Der Teufel! Der Teufel bist!«, keifte Otto und begann erneut auf den Doktor zu spucken.

»Ich glaub, es ist besser, wenn Sie jetzt gehen«, rief Franz, dessen Kräfte langsam zu schwinden schienen, den drei Männern zu.

Von Grashey nickte und führte gemeinsam mit Schnack den leicht torkelnden Hubrich aus dem Raum.

Als sie im Vestibül waren, hörten sie noch durch die verschlossene Türe ein paar laute, nicht zu verstehende Rufe, bis endlich Ruhe einkehrte. Die Männer atmeten kollektiv tief durch. Oberst Gattlinger, der vor der Tür gewartet hatte, nahm sie in Empfang. »Schrecklich, nicht wahr?«, fragte er, mehr nüchtern konstatierend als mitfühlend.

Hubrich blickte angewidert auf seine mit dem Brei-Tabak-Gemisch beschmierte Brust.

»Die Toilette ist dort vorne links«, sagte einer der beiden Wachsoldaten. »Dort können Sie sich frisch machen.«

Hubrich nickte kurz und machte sich auf den Weg, um wenigstens notdürftig die klebrige Masse zu entfernen.

Eine Viertelstunde später saßen die drei Männer wieder in der Kutsche auf dem Weg zurück in die Münchner

Innenstadt. Hubrich schnupperte angewidert am Revers seines Jacketts. Von Grashey bemerkte dies. »Die medizinische Begutachtung lief dann nun doch etwas anders als gedacht, Herr Kollege?«, fragte er mit spöttischem Unterton in der Stimme.

»Entsetzlich!«, erwiderte Hubrich. »Man hat ja schon so einiges aus diversen Presseberichten vernommen. Aus diesem Grund wollte ich ja auch unbedingt sorgfältig und unvoreingenommen meine Pflicht erfüllen. Aber das …«, er machte eine kurze Denkpause. »Das ist nun doch schlimmer als gedacht. Seine Majestät darf auf keinen Fall Fürstenried verlassen. An die Aufnahme repräsentativer oder administrativer Pflichten ist nicht mal im Entferntesten zu denken.«

»So ist es, Herr Kollege«, stimmte ihm von Grashey zu. »Und dennoch sind wir jedes Jahr aufs Neue angehalten, dies zu bestätigen – bis Seine Majestät stirbt. Dies ist gesetzlich verankert. Oder irre ich mich, Herr Abgeordneter Schnack?«

»Nein, Herr Professor. Genauso ist es«, erwiderte dieser.

»Und was passiert, sollte der König an der fortschreitenden Dementia sterben?«, hakte Hubrich nach.

Schnack sah nachdenklich aus dem Fenster. Dann wandte er sich wieder dem Doktor zu. »Sollte König Otto oder der Prinzregent Luitpold versterben, werden die Karten neu gemischt. Wir von der Zentrumspartei sind natürlich daran interessiert, in so einem Fall Prinz Ludwig, den ältesten Sohn des Prinzregenten, auf dem bayerischen Thron zu sehen. Andere sehen das anders.«

Die beiden Mediziner blickten verwirrt auf Schnack.
»Können Sie uns das erläutern?«, fragte von Grashey.
»Die Nationalliberalen und Deutschnationalen machen sich breit«, antwortete Schnack. »Und die Preußen haben mittlerweile die Herrschaft übernommen. Kleinstaaterei ist ihnen ein Dorn im Auge. Man will ein deutsches Reich unter einem deutschen Kaiser – keine weiteren Könige oder Fürsten. Und auch hier in Bayern gibt es immer mehr Sympathisanten für die Auflösung der bayerischen Monarchie und die stärkere Anbindung an das Reich. Ludwig II. und König Otto waren als Preußenhasser bekannt. Die Reichsgründung 1871 war ihnen immer ein Dorn im Auge. Und nun? Ludwig ist seit vier Jahren tot, und wie es um Otto steht, haben Sie ja gerade selbst erleben können. Derzeit schaffen wir es, mit einem geisteskranken König und einem kooperativen und beim Volk beliebten Prinzregenten als dessen Vertreter so gerade die Balance zu halten. Stirbt einer der beiden, wird es zu einer Verfassungskrise kommen. Darauf können Sie sich verlassen. Und den Nationalliberalen – auch hier im Königreich Bayern – wäre nichts lieber als das.«

Kapitel eins

Sechs Monate später.

GEORG VON HIEBLER ging es gut. Mit der Ernennung zum Leiter des Nachrichtenbureaus 1889 nahmen zwar die Aktenberge und die zu bearbeitenden Briefe und Anfragen zu, nur hatte er jetzt einen ganzen Stab von Gehilfen, der für ihn die Papierarbeiten größtenteils erledigte. Er selbst koordinierte, ließ sich unterrichten, sammelte ausgewertete Informationen und durfte einmal in der Woche dem Innenminister, Herrn Freiherr von Feilitzsch, Bericht erstatten. Hiebler war mit 28 Jahren auf der Karriereleiter weit oben angekommen. Sollte er weiterhin seine Arbeit zur vollen Zufriedenheit des Ministers und der Regierung erledigen, wäre der nächste logische Schritt die Ernennung zu einem Unterstaatssekretär.

Nach der Zerschlagung der Anarchistengruppen in München und Würzburg und dem Tod von Christos Krieger als mutmaßlichem Drahtzieher des geplanten Attentats auf den Prinzregenten, schien aktuell die Terrorgefahr gering zu sein. Auch im fernen Berlin war es in den letzten Monaten zu keinen weiteren Anschlägen gekommen. Und dennoch, Hiebler wusste, dass mit Veränderungen auch immer neue Gefahren entstehen können. Der deutsche Kaiser, Wilhelm II., war seit zwei Jahren in Amt und Würden und regierte selbstbewusst und nach weiterer Macht strebend. Zur Überraschung vieler hatte er sogar den als unantastbar angesehenen Reichskanzler Bismarck im März entlassen. Der neue Kaiser wollte selbst die Zügel in der Hand halten und Preußen und das Reich mit starker Hand regieren. Dies verschaffte ihm beides: Bewunderer und Feinde – auch im Königreich Bayern. Die Landesregierung und vor allem der oberste Souverän, Prinzregent Luitpold, mussten die Balance zwischen bayerischer Eigenständigkeit und Treue zum Reich halten.

Hiebler stand zwar in engem Austausch mit seinen Berliner Kollegen, dennoch diente er als bayerischer Beamter primär der bayerischen Monarchie und nicht dem Kaiser.

Den ersten direkten Kontakt zu einem Wittelsbacher hatte Hiebler zwei Jahre zuvor in Würzburg gehabt, als er in letzter Sekunde ein Bombenattentat auf den Prinzregenten verhindern konnte. Als Dank hierfür wurde ihm der bayerische Verdienstorden und, damit verbunden, die Ernennung in den Adelsstand verliehen. Jetzt, am späten Vormittag des 26. September 1890, folgte der nächste Kontakt zu einem Mitglied der königlichen Familie.

Es begann damit, dass Göbele, der Sekretär des Ministers, nach Atem ringend in Hieblers Büro im Innenministerium in der Münchner Theatinerstraße stürmte.

»Herr Assessor Hiebler, äh ... entschuldigen Sie bitte: Herr Abteilungsleiter Ritter von Hiebler«, keuchte Göbele, »der Herr Minister hat gerade mit der Hofverwaltung gesprochen. Ich soll Ihnen mitteilen, dass Königliche Hoheit auf dem Weg zu Ihnen sind.«

»Jetzt schnaufen Sie zuerst mal durch, Göbele«, antwortete Hiebler kopfschüttelnd. »Sie sind ja ganz außer Atem. Und dann erzählen Sie mir, um was es geht.«

Göbele atmete einige Male tief ein und aus. Wie immer trug er Ärmelschoner. Über seinen Bauch spannte sich eine Weste. Eine Jacke trug er nicht. Dann wischte er sich den Schweiß von der Stirn und versuchte, so langsam und deutlich wie nur möglich zu sprechen. »Die Prinzessin Therese von Bayern ist auf Vermittlung des Herrn Ministers auf dem Weg zu Ihnen.«

»Prinzessin Therese?«, fragte Hiebler erstaunt. »Die Tochter des Prinzregenten, unseres obersten Dienstherrn?«

Göbele nickte.

»Therese will zu mir?«, fragte Hiebler weiter. »Hat der Minister gesagt, worum es geht?«

»Bedaure, nein«, antwortete Göbele. »Es geht um eine vertrauliche Angelegenheit. Mehr weiß ich nicht, angeblich ...«, – »Wenn Sie mich vorbei und uns anschließend alleine lassen, kann ich es Herrn von Hiebler persönlich mitteilen«, ertönte plötzlich in Göbeles Rücken eine Frauenstimme.

Göbele zuckte zusammen und drehte sich um. »Selbstverständlich, Königliche Hoheit. Bitte entschuldigen Sie vielmals«, erwiderte er, machte eine Verbeugung und verließ im Rückwärtsgang den Raum.

»Guten Morgen, Herr von Hiebler. Der Herr Innenminister hat mich an Sie verwiesen. Wenn Sie ein paar Minuten Zeit für mich hätten?«, begann Therese, schloss die Tür und schritt langsam näher.

»Aber natürlich, Königliche Hoheit«, erwiderte Hiebler verwirrt. Er wusste nicht, ob er sich verbeugen, Thereses Hand schütteln oder sie mit einem Handkuss begrüßen sollte. Letztendlich machte er eine unbeholfene Geste, die einer Mischung aus allem drei entsprach: eine leichte Verbeugung, einen Schritt nach vorne und ein zögerliches Vorstrecken der rechten Hand.

Hieblers Unbeholfenheit schien Therese zu amüsieren. Lächelnd setzte sie sich auf den Stuhl vor dem Schreibtisch. Hiebler überlegte noch kurz, wie er sich denn nun weiter zu verhalten habe, beschränkte sich dann jedoch auf eine erneute Verbeugung und nahm Therese gegenüber auf seinem Stuhl Platz. Nervös strich er sich mit der Hand den Scheitel gerade und den Schnurrbart glatt. Dann legte er beide Hände übereinander auf der Schreibtischplatte ab und räusperte sich.

»Was kann ich für Sie tun, Königliche Hoheit?«, fragte er mit einfühlsamen Blick und leicht nach vorne gebeugtem Oberkörper.

Therese musterte Hiebler, ohne zu antworten. Sie saß gerade auf dem Stuhl, als ob ein Stock durch sie von Kopf bis zum Gesäß gezogen wäre. Ihre Hände ruhten aufeinandergelegt in ihrem Schoß. Sie trug ein schwarzes Kleid mit weißem Spitzenkragen und Ärmeln.

Ihre dunkelblonden Haare waren straff von der Stirn zurückgekämmt und zu einem Zopf geflochten, der wiederum turmartig aufgesteckt war. Am Haaransatz sah man erste graue Strähnen, ansonsten war sie trotz ihres Alters von bald 40 Jahren komplett faltenfrei. Mit tief liegenden Augen, einer etwas zu großen Nase, der schmalen Oberlippe bei gleichzeitig wulstiger Unterlippe war sie keine klassische Schönheit. Sie strahlte jedoch zweifelsfrei Intelligenz, Würde und Selbstbewusstsein aus. Hiebler war beeindruckt von ihr und versuchte, lächelnd ihrem Blick standzuhalten.

»Wie alt sind Sie eigentlich?«, fragte schließlich Therese.

»Ich bin 28, Königliche Hoheit«, antwortete Hiebler.

»Zwölf Jahre jünger als ich. So jung und schon Abteilungsleiter im Innenministerium. Sie müssen entweder mächtige Fürsprecher gehabt haben oder viel Glück. Oder Sie sind wirklich so gut, wie Feilitzsch behauptet.«

»Man tut, was man kann, Königliche Hoheit.«

Therese antwortete mit einem süffisanten Lächeln.

»Und Sie kennen Würzburg. Stimmt das?«, fragte sie weiter.

»Na ja, ich hatte zweimal dort zu tun und bin in der Stadt etwas herumgekommen«, antwortete Hiebler und kratzte sich verlegen am Kopf.

»Sie machen sich kleiner, als Sie sind, Herr von Hiebler. Machen Sie mir nichts vor, ich weiß, was Sie in Würzburg geleistet haben. Andererseits ist mir auch zu Ohren gekommen, dass Sie manchmal etwas vorschnell reagieren. Stimmt das?«

Hiebler blickte kurz nachdenklich zur Seite. »Man ist, wie man ist, und man tut, was man kann«, sagte er schließlich.

»Eine komplett sinnfreie Phrase, werter Herr von Hiebler«, erwiderte Therese und beugte sich etwas zu ihm vor. »Aber lassen wir das und kommen wir zum Grund meines Besuchs.«

»Sehr gerne, Königliche Hoheit. Wie kann ich Ihnen helfen?«, fragte Hiebler.

»Nun ... es geht um ... um unseren König«, antwortete Therese zögerlich.

»Um Seine Majestät, den Prinzregenten? Ihren Vater?«, fragte Hiebler.

Therese lehnte sich im Stuhl zurück und blickte mit gequältem Gesichtsausdruck zur Decke.

»Herr von Hiebler, jetzt enttäuschen Sie mich aber. Haben Sie Ihre Geldbörse dabei?«, fragte sie schließlich.

»Ich ... ich ... ich denke ja«, stammelte er verwundert und griff in der Innentasche des Jacketts nach seinem Portemonnaie.

»Gut«, fuhr Therese fort und sah wieder auf Hiebler. »Dann suchen Sie jetzt bitte ein Drei- oder Fünfmarkstück, legen es auf den Tisch und sagen mir, was Sie darauf sehen.«

Hiebler überlegte kurz, ob die Aufforderung wirklich ernst gemeint war, beschloss dann jedoch, ihren Wunsch zu erfüllen.

Er kramte in der Börse und legte ein silbernes Dreimarkstück auf den Tisch.

»Und?«, hakte Therese nach. »Sie können mir ruhig die Inschrift über dem Bild vorlesen.«

Hiebler betrachtete die Rückseite der Münze. »Otto, König von Bayern«, las er.

»Richtig!«, erwiderte Therese. »Sein Abbild ist auf jeder Münze. Seit vier Jahren, seit dem unglücklichen Tod von Ludwig II., ist er unser König. Aber niemand nimmt ihn zur Kenntnis. Manche verwechseln ihn sogar mit meinem verstorbenen Onkel Otto, dem ehemaligen Regenten von Griechenland. Herr von Hiebler, unser König ist mein Vetter Otto I. von Bayern und nicht Prinzregent Luitpold.«

Therese zeigte auf das obligatorische Gemälde des Prinzregenten, wie es in jeder Dienststube der öffentlichen Verwaltung und somit auch in Hieblers Büro hing: ein alter Mann mit freundlichen Blick und langem, über eine mit Orden bestückte, hellblaue Uniform ragenden, grauen Bart. »Mein geliebter Vater Luitpold hier ist der Reichsverweser, aber keine gekrönte Majestät.«

Hiebler drehte sich kurz nach dem Bild des Prinzregenten um. »Entschuldigen Sie bitte meine Nachlässigkeit«, erwiderte er kleinlaut. »Ich dachte nur, dass aufgrund der schweren Erkrankung Seiner Majestät ... man liest ja so einiges in der Zeitung ... und da dachte ich ...«

»Otto ist aufgrund einer Geisteskrankheit entmündigt. Dennoch ist er König und Nachfolger seines Bruders, Ludwig II.«, unterbrach ihn Therese. »Es ist nur immer wieder interessant zu bemerken, wie schnell wichtige Personen auch von gebildeten Menschen vergessen werden. Das gibt einem zu denken, Herr von

Hiebler. Aber kommen wir zur Sache. Ich brauche Ihre Hilfe.«

Hiebler nickte verständnisvoll. »Wie kann ich Ihnen dienen, Königliche Hoheit?«

»Sie wissen, wo sich mein Vetter aufhält?«, fragte Therese, statt zu antworten.

»Um ehrlich zu sein: nicht genau«, erwiderte er. »Mir ist nur bekannt, dass König Otto nicht mehr in der Residenz oder in Schloss Nymphenburg weilt.«

»Das ist richtig«, antwortete Therese. »Er ist mittlerweile im Schloss Fürstenried untergebracht. Man hat das gesamte Gebäude umgebaut und seinen Bedürfnissen angepasst. Wissen Sie, Herr von Hiebler, ich habe ein sehr inniges Verhältnis zu meinem Vetter – schon seit unser beider Kindheit. Ottos Krankheit hat da nichts verändert. Im Gegenteil, manchmal habe ich sogar den Eindruck, dass die Bande zwischen uns beiden dadurch gestärkt wurde.«

Therese blickte nachdenklich zu Boden. Sie wölbte die Unterlippe vor und schien um Fassung zu ringen. Sichtlich angespannt drehte sie mit Daumen und Zeigefinger der rechten Hand einen schlichten goldenen Ring, den sie am linken Ringfinger trug. »Ich besuche Otto jedes Jahr zweimal. Einmal im März und einmal im September oder im Oktober. Das ist mir wichtig, und Otto tut es, glaube ich, auch gut. Alles andere – meine Auslandsreisen, Repräsentationspflichten, sonstigen Termine – muss sich diesen Terminen unterordnen. Und so war ich auch erst kürzlich vor zwei Tagen in Fürstenried und besuchte ihn. Nur war Otto dieses

Mal anders als sonst. So kannte ich ihn nicht. Er war schrecklich ängstlich und murmelte ständig etwas von einer Bedrohung.«

Hiebler hörte aufmerksam zu. Nachdenklich strich er mit Daumen und Zeigefinger der rechten Hand, von der Mitte über seiner Lippe ausgehend, nach beiden Seiten den Schnurrbart glatt.

»Ich weiß nicht, wie ich es beschreiben soll, Herr von Hiebler«, fuhr Therese fort, »aber irgendetwas stimmt nicht mit ihm. Die Krankheit und deren Auswirkungen auf das Gemüt meines geliebten Vetters sind mir durchaus bewusst, aber dass Otto Angst hat, getötet zu werden, das ist mir neu.«

Hiebler blickte auf. »Sie meinen, dass ihm jemand nach dem Leben trachtet?«

»Ich bin mir nicht sicher«, antwortete Therese. »Aber vorgestern bat er mich inständig um Hilfe. Er fürchtet, vergiftet zu werden, und verweigert daher jegliche Nahrung. Selbstverständlich gibt es ein ganzes Wachbataillon, Pfleger, Ärzte und Diener, die für seine Sicherheit sorgen. Und dennoch …«

»… dennoch fürchten Sie, dass sich Seine Majestät in tatsächlicher Gefahr befinden könnte?«, unterbrach sie Hiebler.

Therese nickte.

»Und aus diesem Grund haben Sie den Minister und letztendlich auch mich kontaktiert?«, fragte Hiebler.

»So ist es«, flüsterte sie. »Ich möchte zumindest sicher sein, dass dies Ottos Hirngespinste sind und jeglicher rationalen Grundlage entbehren.«

»Sie möchten, dass ich nach Schloss Fürstenried fahre und der Sache dort auf den Grund gehe?«, fragte Hiebler entschlossen.

Therese runzelte die Stirn. »Sie in Fürstenried eine Untersuchung starten? Auf keinen Fall möchte ich das«, antwortete sie entrüstet. »Dort eine Untersuchung ohne klare Verdachtsmomente zu beginnen, würde viel zu viel Aufsehen erregen und im Zweifelsfall Otto eher schaden. Nein, Herr von Hiebler, ich möchte, dass Sie Otto und mich nach Würzburg begleiten. Aus diesem Grund habe ich Sie kontaktiert.«

Hieblers Gesichtsausdruck wurde zu einem großen Fragezeichen. »Pardon, Königliche Hoheit, Sie wünschen *was*?«

»Wir reisen inkognito. Otto, ich, Franz, der Pfleger, und Sie, werter Herr von Hiebler. Der Herr Minister empfahl Sie als jemanden, der intelligent ist, Gefahren erkennt und sich in Würzburg auskennt. Deswegen bin ich hier.«

»Und warum Würzburg?«, fragte Hiebler nach.

»Dort gibt es eine Universitätsklinik mit hervorragenden Medizinern, die Otto helfen sollen«, antwortete Therese. »Wissen Sie, ich traue den Münchner Ärzten nicht mehr, die Tag und Nacht um Otto herumschwirren. Es wird Zeit, dass sich andere ein Bild von ihm machen. Vielleicht gibt es ja doch eine Möglichkeit der Therapie. Außerdem ist Würzburg so weit entfernt, dass wir dort Ruhe von den ganzen Hofschranzen haben, die sich in und um München tummeln und beileibe nicht immer nur das Beste für Otto im Sinn haben. Zuletzt geht es mir aber auch darum, diesen üblen Verdacht der vorsätzlichen Vergiftung zu entkräften. Otto muss raus aus dem Gefängnis – so einfach ist es.«

Hiebler strich sich erneut den Schnurrbart glatt und nickte. »Ich verstehe Ihr Anliegen, Königliche Hoheit«, erwiderte er zögerlich. »Und der Herr Minister, Freiherr von Feilitzsch, ist informiert und hat Ihrem Vorhaben zugestimmt?«

»So ist es. Otto und ich reisen inkognito als Graf und Gräfin von Espen. Diesen Namen nehme ich immer an, wenn ich unterwegs bin. Ich habe sogar einen Pass, der auf Therese von Espen ausgestellt ist. Sie, Herr von Hiebler, werden für uns eine möglichst unauffällige Bleibe in Würzburg suchen – ein kleines Häuschen am Stadtrand etwa – und Samstag oder Sonntag in einer Woche, wenn ganz München besoffen von diesem schrecklichen Oktoberfest ist, werden wir Otto in Fürstenried abholen und uns gemeinsam auf den Weg machen. Der Herr Minister wird der Kommandantur des Wachpersonals kurz vorher mitteilen, dass wir einen auswärtigen Arzttermin für Otto vereinbart haben. Da Ottos Leibärzte nur bis Samstagmittag vor Ort sind, werden sie uns nicht mit lästigen Fragen behelligen. Zudem kann ich mir nicht vorstellen, dass man mir als Mitglied der königlichen Familie untersagen wird, den König zu einer Untersuchung zu begleiten.«

Therese schenkte Hiebler ein breites, sympathisches Lächeln. »Das ist der Plan, mein lieber Herr von Hiebler. Und vergessen Sie nicht: Es ist unser Geheimnis. Nur der Minister, Franz und wir beide sind eingeweiht.«

Hiebler schien immer noch etwas verdutzt zu sein.

»Wie Königliche Hoheit es wünscht«, erwiderte er zögerlich. »Ich werde mich gleich heute noch um eine Unterkunft kümmern.«

»Das ist schön. Und ich darf mich voll auf Ihre Verschwiegenheit in der Planung und Durchführung unserer gemeinsamen Reise verlassen?«, fragte sie. Therese beugte sich zu Hiebler vor und drückte beinahe zärtlich seine beiden Hände. Reflexartig zuckte er kurz, um ihrem Griff auszuweichen, dann schien ihm aber die Berührung der Prinzessin zu gefallen. Er beugte sich ebenfalls vor zu ihr und sagte: »Ganz gewiss, Königliche Hoheit. Es soll mir eine Ehre sein.«

Therese löste ihren Griff, lächelte und erhob sich. »Ich erwarte von Ihnen in Kürze ein Telegramm mit Instruktionen. Denken Sie daran: In acht Tagen sollten wir aufbrechen. Wir haben nicht mehr viel Zeit.«

Sie verließ langsam den Raum. Hiebler stand auf, machte eine Verbeugung und starrte ihr hinterher.

Eine geheime Reise, dachte er, als er wieder alleine war. Mit einer Wittelsbacher Prinzessin nach Würzburg – und unverheiratet ist sie auch noch. Sie ist zwar nicht mehr die Jüngste mit ihren 40 Jahren, aber sie hat Ausstrahlung, Charme und ist klug.

Hiebler schüttelte ungläubig den Kopf. Schließlich setzte er sich wieder hin und überlegte, was zu tun sei. Als Nächstes würde er den Fernsprecher benutzen und einen alten Bekannten in Würzburg anrufen müssen.

Kapitel zwei

DER SPÄTE VORMITTAG war eine gute Zeit, um den Chef der Würzburger Gendarmerie, Friedhelm Deschel, zu erreichen. Zwischen 11 und 12 Uhr bevorzugte er in der Regel, sein zweites Frühstück auf der Wache einzunehmen, bevor er einen ausgedehnten Spaziergang durch die Stadt machte. Sein Weg führte ihn an den üblichen Stationen vorbei. Er traf fast immer die gleichen Personen, mit denen er dann auch immer wieder die gleichen oder zumindest ähnliche Gespräche führte. Beendet wurde Deschels täglicher Kontrollgang mit einem späten Mittagessen in einer der vielen Gaststätten im Würzburger Stadtzentrum, bevor ihn die Pflicht der Büroarbeit wieder zurück in die Wache trieb.

Für Hauptwachtmeister Deschel war nach den Aufregungen des anarchistisch motivierten Attentatsversuchs auf den Prinzregenten wieder Ruhe eingekehrt. Im Gegensatz zum wachsenden und mittlerweile aus allen Nähten platzenden München blieb Würzburg die beschauliche Verwaltungs- und Universitätsstadt. Die Industrialisierung schien an der Stadt vorbeizuziehen und sich neben München mehr auf Zentren wie Schweinfurt, Erlangen und Nürnberg zu fokussieren.

Dies war Deschel nur recht. Ihm reichten der jährliche Faschingsumzug und die Weinfeste im Sommer. Mehr Rummel brauchte er nicht.

Etwa eine halbe Stunde nach Thereses Besuch ging Hiebler zu dem an der Wand seines Büros hängenden Fernsprecher. Mit ein paar Kurbelbewegungen an dem hölzernen Kasten lud er den Akku auf und verlangte über das Fernsprechamt die Gendarmerie in Würzburg. Obwohl er mittlerweile ein- bis zweimal die Woche ein Telefonat führte, war es für ihn immer noch ein Wunder, über solch große Distanzen Gespräche führen zu können. Als er auf seinen Gesprächspartner am anderen Ende der Leitung wartete, erinnerte er sich, wie er vor zwei Jahren in Würzburg das erste Mal telefonieren durfte. Er hatte damals in den Hörer gebrüllt. Es war für ihn unbegreiflich gewesen, mit einer Person zu sprechen, die Hunderte von Kilometern entfernt war.

Deschel brauchte nicht lange, die Leitung stand in wenigen Sekunden.

»Guten Morgen. Gendarmerie Würzburg, Deschel am Apparat«, meldete er sich.

»Friedhelm, grüß dich, hier spricht Georg«, begann Hiebler.

»Georg Hiebler aus München«, sprach er erneut, als Deschel nicht reagierte.

Hiebler klopfte mit dem Finger auf das Mikrofon. »Friedhelm? Bist du da?«, schrie er schließlich.

»Brauchst nicht so zu plärren, Georg«, erwiderte Deschel letztendlich. »Hab dich schon gehört. Ich musste nur gerade noch runterschlucken. Weißt doch, dass ich um diese Zeit immer Brotzeit mach, und mit vollem Mund zu sprechen, gehört sich nicht.«

Hiebler schmunzelte, als er Deschels unterfränkischen Dialekt hörte.

»Und apropos, darf ich dich überhaupt noch Georg nennen? Oder muss ich dich jetzt mit Ritter von Hiebler, den Helden von Würzburg und Träger des bayerischen Verdienstordens, ansprechen?«, spottete Deschel.

»Friedhelm, ich bitte dich«, erwiderte Hiebler. »Die Rettung des Prinzregenten war genauso dein Erfolg.«

»Nur, dass du zum Ritter ernannt worden bist, während ich hier weiter der Gendarm in der Provinz bin«, setzte Deschel nach.

»Möchtest du lieber zu mir nach München versetzt werden?«, frotzelte jetzt Hiebler. »Ich kann mich da gerne für dich einsetzen.«

»Allmächtiger! Niemals, nicht für viel Geld und Ruhm.«

»Na schau, dann passt doch alles«, sagte Hiebler. »Aber keine Sorge, Friedhelm. Trotz deiner vielen Talente habe ich sicher nicht vor, dich hierher zu holen. Es ist eher andersrum: Ich will dich besuchen. Was hältst du denn davon?«

Deschel antwortete nicht.

»Friedhelm? Bist du noch dran?«, fragte Hiebler.

»Oje!«, antwortete Deschel schließlich lapidar.

»Oje? Was soll denn das heißen? Freust du dich nicht, wenn ich nach Würzburg komme?«

»Ehrlich gesagt: nein! Es ist nichts Persönliches gegen dich, Georg, aber … aber … es ist nur, dass jedes Mal, wenn du hier bist, irgendein – du entschuldigst mich – Scheißdreck passiert.«

Hiebler wusste nicht, ob er jetzt lachen, schimpfen oder beleidigt schweigen sollte.

»Dieses Mal kannst du beruhigt sein, Friedhelm«, sagte er letztlich gelassen. »Es geht um keine Ermittlungen. Ich brauche eigentlich nur deine Hilfe für die Suche nach einer Unterkunft in Würzburg. Eine kleine Villa am Stadtrand für zwei bis drei Wochen.«

»Willst du jetzt hier Urlaub machen?«, fragte Deschel.

»So was Ähnliches, es ist eine Art Freundschaftsdienst. Ich begleite den Grafen und die Gräfin von Espen bei diversen ärztlichen Untersuchungen und Behandlungen in der Universitätsklinik. Die Gräfin bat mich, meine Kontakte nach Würzburg zu nutzen. Daher rufe ich dich an. Ich verspreche es dir: keine Verschwörungen, keine Anarchisten, keine Attentate, keine Morde – nur ein kleines, ruhiges Häuschen am Stadtrand. Mehr will ich wirklich nicht. Friedhelm, du kennst doch Gott und die Welt in Würzburg. Sag bloß nicht, dass du da nicht helfen kannst.«

Erneut schwieg Deschel am anderen Ende der Leitung.

»Friedhelm? Bist du noch in der Leitung?«, fragte Hiebler nach einer Weile.

»Lieber Georg, der Unterfranke denkt, bevor er redet«, entgegnete ihm schließlich Deschel. »Jetzt bin ich mit dem Denken fertig, daher kann ich dir nun auch antworten. Und ich glaube sogar, dass ich dir helfen kann. Auf der linken Mainseite, flussaufwärts an der Mergentheimer Straße, ist das alte Zollhaus gerade erst renoviert worden. Die Stadt weiß noch nicht so genau, was damit geschehen soll. Und es steht leer. Es liegt am Stadtrand, bietet Platz für etwa vier Personen, ist in einer ruhigen Gegend. Die Mainwiesen sind direkt vor der Haustür, und in die Innenstadt sind es auch nur ein paar Minuten.«

»Das hört sich sehr gut an. Wusste ich es doch, dass du mir helfen kannst«, freute sich Hiebler.

»Wart, wart, Georg! Zunächst muss ich bei der Stadtverwaltung nachfragen, ob eine Vermietung des Hauses überhaupt möglich ist. Und selbst wenn, gehe ich davon aus, dass eine Haushälterin auch noch benötigt wird. Die muss sich aber zuerst mal finden lassen.«

»Weiß ich doch Friedhelm. Aber du kriegst das hin. Es soll sich für dich auch lohnen.«

»Wie meinst du denn das?«

»Die Gräfin ist reich und hat großen Einfluss.«

»Oh mei, Georg, lass gut sein. Der schnöde Mammon ist mir relativ egal. Viel wichtiger ist mir meine Ruhe. Und da zähle ich auf dein Wort. Du versprichst mir, dass deine Anwesenheit dieses Mal wirklich weder Chaos noch Mord und Totschlag in der Stadt verursacht?«

»Verlass dich darauf. Ich bin nur Urlauber in Würzburg und würde mich freuen, wenn wir uns auf ein oder zwei Schoppen treffen könnten.«

»Na hoffentlich. Ich schick dir spätestens in drei Tagen ein Telegramm, ob es klappt, Georg. Wenn nicht, müsst ihr halt in ein Hotel. Herr und Frau Graf werden es sich schon leisten können.«

»So machen wir es. Mach's gut, Friedhelm«, beendete Hiebler das Gespräch und legte auf.

Vier Tage später erhielt Hiebler das Telegramm. Alles sollte wie besprochen klappen. Er informierte Prinzessin Therese und buchte für sich, den Pfleger Franz, Therese und König Otto vier Ersteklassetickets für den Nachtzug von München nach Würzburg.

Vier weitere Tage später, am Samstag, dem 4. Oktober 1890, machte sich Hiebler auf den Weg nach Fürstenried. Mit zwei Reisetaschen in den Händen verließ er am späten Nachmittag seine neue Wohnung in der Briennerstraße. Nach dem beruflichen Aufstieg war ihm sein Zimmer zur Untermiete in der Luisenstraße zu klein geworden. In den Taschen trug er zwei Bücher mit sich, die er sich vorgenommen hatte zu lesen: *Der Kurier des Zaren* von Jules Verne und – ganz aktuell – die deutsche Erstausgabe von Stevensons *Der seltsame Fall des Dr. Jekyll und Mr. Hyde*. Weiterhin hatte er festes Schuhwerk für Wanderungen, bequeme Kleidung sowie Wäsche für die nächsten zwei Wochen eingepackt. Die Vorbereitungen entsprachen denen einer Urlaubsreise. Hiebler freute sich darauf. Mit Prinzessin Therese hatte er vereinbart, dass man sich im Schloss Fürstenried treffen würde.

Nachdem die Kutsche vor dem Schloss angekommen war, wurde Hiebler bereits beim Aussteigen von zwei Wachsoldaten erwartet. »Grüß Gott, die Herren«, grüßte er freundlich lächelnd die Soldaten. »Ritter von Hiebler ist mein Name. Ich bin hier auf Order des Herrn Ministers Freiherr von Feilitzsch sowie der Prinzessin Therese höchstpersönlich. Seine Majestät soll unter meiner Obhut zu einer ärztlichen Behandlung gebracht werden.«

Noch bevor die Soldaten etwas antworten konnten, kramte er aus der Innentasche seines Jacketts ein Schreiben hervor und zeigte es den Männern. »Hier, falls Sie es mir nicht glauben sollten. Wo finde ich König Otto und Prinzessin Therese?«

Einer der beiden Soldaten beobachtete Hiebler streng, während der andere sorgfältig das Dokument las. »Geht in Ordnung«, sagte er schließlich und machte den Weg frei. »Wenn Sie uns bitte folgen.«

Hiebler nickte lächelnd, bezahlte den Kutscher, nahm seine beiden Taschen und ging gut gelaunt in das Schloss.

Als er in das Vestibül des Schlosses kam, sah er zwei robuste Reisetaschen aus Leder vor der Treppe stehen. Franz stellte gerade eine dritte Tasche hinzu, als er Hieblers Eintreffen wahrnahm.

»Sie müssen Herr Ritter von Hiebler sein?«

Franz ging die paar Schritte auf ihn zu. Er lächelte freundlich, machte eine kurze Verbeugung und reichte ihm die Hand. »Ich bin Franz, einer der Pfleger seiner Majestät. Ich werde Sie begleiten.«

Hiebler war beeindruckt von seiner Statur: Ein kahler, wuchtiger Kopf mit stattlichem Schnurrbart ruhte auf breiten Schultern. Im Gegensatz zum muskulösen Erscheinungsbild war sein Händedruck aber eher lasch, sein Lächeln sanft.

»Grüß Gott, Herr Franz!«, erwiderte Hiebler.

»Sie können Ihre Taschen gerne zu den anderen Gepäckstücken dazustellen«, fuhr Franz fort.

Hiebler platzierte seine beiden Taschen in die Reihe. »Ist das alles Ihr Gepäck?«, fragte er.

»Um Gottes willen, nein«, antwortete Franz. »Nur die erste Tasche gehört mir, die zweite beinhaltet die Reiseutensilien Seiner Majestät, und das dritte Gepäckstück ist von der Prinzessin Therese.«

Hiebler schüttelte ungläubig den Kopf. »Das kann nicht sein! Eine Dame, eine Prinzessin auch noch, soll nur mit einer einzigen Tasche verreisen?«

»Hat Königliche Hoheit mir so mitgeteilt. Und bei Otto ist das so eine Sache mit dem Kleiderwechsel. Eigentlich braucht er nur seine Zigaretten und Streichholzschachteln.«

Hiebler zog verwundert die Augenbrauen hoch.

»Na ja, Herr von Hiebler, Majestät ist etwas anders, aber Sie werden das schon noch alles mitbekommen«, erwiderte er schmunzelnd. »Wenn Sie mir jetzt bitte in den Salon folgen möchten? Man erwartet Sie bereits.«

Gespannt folgte Hiebler dem Pfleger.

Der Salon war durch die Nachmittagssonne hell erleuchtet. An der Fensterfront saß in einem Sessel, ein Buch lesend, Therese. Einige Meter neben ihr, aus dem Fenster starrend, stand Otto. Hiebler blickte sich kurz um und nahm erstaunt die mit Matratzen verkleideten Wände zur Kenntnis. Außer wenigen Sitzmöbeln war der Raum leer – keine Gemälde, keine Spiegel oder Bücherregale.

»Lieber Herr von Hiebler! Schön, dass Sie da sind«, wurde er freundlich von Therese begrüßt. Sie schien sich ernsthaft über seine Anwesenheit zu freuen, was wiederum bei Hiebler ein schamhaftes Lächeln auslöste. Therese legte ein Lesezeichen in das Buch und klappte es zu. Otto blickte weiter regungslos aus dem Fenster in die Parkanlage des Schlosses. Hiebler sah kurz auf den König, dann zu Therese und machte eine tiefe Verbeugung. »Königliche Hoheit! Zu Ihren Diensten.«

Dann blickte er erneut auf Otto.

»Ist das …?«, fragte er schließlich unsicher Therese.

»Ja, das ist Otto, Otto I., König von Bayern!«, antwortete sie lächelnd. »Denken Sie sich nichts, wenn er nicht auf Sie reagiert, Herr von Hiebler. Er lebt manchmal in einer anderen Welt. Ist auch nicht böse gemeint. Wir kennen das von ihm, oder Franz?«

»Oh ja«, antwortete der Pfleger. »Das geht zum Teil durchgehend so – tagsüber und auch nachts.«

Hiebler betrachtete weiter den König. Haare und Bart waren ungepflegt, seine Kleidung schmutzig. Zu Hieblers Verwunderung hatte Otto Reitstiefel an. Langsam ging er einige Schritte auf den König zu. Ein unangenehmer Geruch ging von ihm aus, eine Mischung aus Schweiß, Urin und Tabakrauch. »Majestät, wenn ich mich vorstellen darf?«, begann er. Otto zeigte keine Reaktion.

»Machen Sie sich nicht die Mühe«, sagte Therese, nahm ihr Buch und erhob sich. »Sie werden ihn schon noch kennenlernen und er Sie auch. Wir werden demnächst viel Zeit miteinander verbringen.« Dann wandte sie sich an Franz: »Ist alles vorbereitet? Können wir?«

Franz nickte. »Das Gepäck steht im Vestibül. Die Kutsche ist bereit. Die Soldaten sind informiert und die Ärzte und sonstiges Personal glücklicherweise nicht im Dienst.«

»Danke, Franz!«, erwiderte sie. »Dann sind Sie doch so freundlich und packen uns noch etwas Reiseproviant ein und beladen schon mal die Kutsche. In einer Viertelstunde werden Otto und ich nachkommen.«

»Prinzessin Therese, ist das wirklich Ihr gesamtes Gepäck da draußen? Eine Tasche und mehr nicht?«, fragte Hiebler.

Therese lächelte ihn breit an. »Aber selbstverständlich, Herr von Hiebler«, antwortete sie. »Mehr brauch ich nicht. Auf meinen Reisen habe ich gelernt, dass das meiste Gepäck nur lästiger Ballast ist. Glauben Sie mir, ich bin erfahren, wenn es ums Verreisen geht.«

»Selbstverständlich, Königliche Hoheit«, erwiderte Hiebler etwas beschämt. »Verstehen Sie mich nicht falsch. Ich wollte nur nachfragen.«

»Ist schon in Ordnung. Aber nun gehen Sie. Otto und ich kommen gleich nach.«

Eine Viertelstunde später kam Therese zur Kutsche. An ihrer Hand führte sie wie einen Schulbuben ihren Vetter, König Otto I. von Bayern.

Während der Kutschenfahrt sprach Otto weiterhin kein Wort. Er starrte aus dem Fenster und rauchte eine Zigarette nach der anderen. Es war immer das Gleiche: Bevor die Glut die Lippen verbrannte, nahm Franz den glühenden Stummel der Zigarette aus des Königs Mund. Dann entzündete er die nächste Zigarette am Stummel der vorhergehenden, drückte diese anschließend aus und steckte Otto die neue Zigarette wieder in den Mund, sodass er weiter rauchen konnte. So ging es etwa vier bis fünf Mal, bis die Reisegruppe den Münchner Hauptbahnhof erreichte. Hiebler betrachtete fasziniert den König. Therese las weiter in ihrem Buch.

Am Bahnhof angekommen, suchten sie rasch ihr Abteil und richteten sich ein. Therese und Otto nahmen auf einer Seite Platz, ihnen gegenüber saßen Hiebler und Franz. Der König paffte stumm zwei weitere Zigaretten. Dann fuhr der Zug ab. Kaum dass sie auf der Strecke waren, kam der Schaffner und kontrollierte die Tickets. Alles schien normal zu sein. Ein Ehepaar mit einem etwas schmuddelig aussehenden Mann in Begleitung von zwei weiteren Männern.

Nachdem der Schaffner das Abteil wieder verlassen hatte, packte Franz belegte Brote aus und verteilte sie. Otto schien zunächst kein Interesse zu haben. »Otto? Liebster?«, begann schließlich Therese. Hiebler war überrascht, wie sie ihren Vetter ansprach. »Magst du was essen? Der Franz hat Abendbrot für uns dabei.« Fürsorglich streichelte Therese Ottos Wange. Hiebler biss in sein Brot und verfolgte aufmerksam die Szenerie. »Otto, ich bin es, das Thereschen«, sagte sie erneut. Sie drehte sich zu ihm und strich ihm sanft die Haare aus der Stirn.

Als ob er aus einem Traum gerissen wurde, sah Otto plötzlich verwirrt auf sie. »Thereschen, du?«, fragte er jetzt leise, aber klar. »Du bist hier?«

»Ja, hier bei dir«, antwortete sie. Ihre Augen wurden feucht vor Rührung.

»Das ist aber schön«, erwiderte Otto. Er lächelte breit und zeigte dabei eine lückenhafte Reihe von braun verfärbten Zähnen. Franz musste nun lachen, was wiederum Ottos Blick auf den Pfleger lenkte. »Franz? Du bist auch hier?«

»Ja, Majestät«, antwortete dieser.

»Und wer ist der Mann da?«, fragte Otto mit Blick auf Hiebler.

»Georg von Hiebler«, antwortete er, legte das Brot zur Seite, stand auf und machte eine tiefe Verbeugung. Otto nickte kurz, fixierte dann jedoch Hieblers Brot.

»Ich habe Hunger«, sagte er. »Ich möchte auch ein Brot.«

Therese hielt ihm grinsend seine Mahlzeit hin, die er wortlos entgegennahm.

»Ihre Anwesenheit scheint ihm gut zu tun, Königliche Hoheit«, sagte Franz zu Therese, als Otto gierig zu essen begann.

»Vielleicht ist es auch der Ortswechsel«, erwiderte sie bescheiden.

Franz und Therese wirkten wie zwei Eltern, dessen Kleinkind endlich mal nicht die Nahrung verweigert hatte. Nachdem Otto sein Brot aufgegessen hatte, gab ihm Therese freudig lächelnd die eigentlich für sie selbst bestimmte Portion, die er ebenfalls gierig verschlang. Er schmatzte und stopfte sich mit den Fingern alles in den Mund, was sich an Essbarem in seiner näheren Umgebung befand. Teils neugierig, teils angewidert sah Hiebler auf den schwarzen Dreck unter den viel zu langen Fingernägeln und die braungelben Nikotinfinger der rechten Hand des Königs, die immer wieder Nahrung in einen mit fauligen Zähnen ausgestatteten Mund schaufelten. Zwischendrin trank Otto aus einer Bügelflasche Bier, die ihm Franz gegeben hatte. »Das ist ein schöner Ausflug, Thereschen«, sagte er schließlich, nachdem er alles vertilgt hatte.

»Das freut mich, Otto, dass es dir gefällt«, antwortete diese und legte glücklich ihren Kopf an seine Schulter.

»Gehen wir dann Erdbeeren pflücken?«, fragte er schließlich, gefolgt von einem lauten Rülpser.

»Erdbeeren wird es nicht mehr geben, aber wir gehen morgen Pilze sammeln. Das verspreche ich dir«, erwiderte sie und schmiegte sich enger an ihn heran. Der Rülpser schien sie nicht gestört zu haben.

Otto nickte und ließ sich von Franz eine Zigarette anzünden. Er inhalierte einige Male tief, sah wie zuvor wieder aus dem Fenster und brabbelte leise etwas wie »Lu-La-Lu« vor sich hin.

Therese griff sich ihr Buch und begann zu lesen. Franz holte sich eine Zeitung aus der Tasche und blätterte darin rum. Hiebler beschloss, ebenfalls zu lesen. Er entschied sich für die Stevenson-Novelle. Jules Verne würde warten können. Nach etwa einer Stunde wurde er müde und schlief ein.

Irgendwann mitten in der Nacht wurde Hiebler durch die quietschenden Bremsgeräusche des Zuges geweckt. Das rhythmische Rattern hörte auf, und der Zug kam an einem kleinen Bahnhof zu stehen. Außer einem seltsamen Gemurmel war es still im Abteil. Von der Beleuchtung des Bahnsteigs drang etwas Licht durch das Fenster. Hiebler rieb sich die Augen und blickte sich um. Neben ihm schlief Franz tief und fest. Therese hatte sich zusammengekauert zur Seite gelegt und schien ebenfalls zu schlafen. Nur Otto war wach. Er stand vor dem Fenster, starrte hinaus und kratzte sich an den Unterarmen.

Entweder er raucht oder er kratzt sich wund, dachte sich Hiebler.

»Lu-Lu-Lu … Ludwig … Lu-Lu-Lu … Lu-Lu-Lu … Ludwig … Lu-La-Lu … Lu-La-Lu«, murmelte Otto im gleichen Rhythmus, wie er sich an den Armen kratzte.

»Majestät, kann ich Ihnen helfen?«, flüsterte Hiebler.

»Lu-Lu-Lu … Ludwig … Lu-Lu-Lu …«, brabbelte Otto monoton weiter. Er nahm weder Hiebler noch irgendetwas anderes um sich herum wahr.

Hiebler schüttelte den Kopf. Was für ein trauriger Anblick, dachte er sich. Ein König, der geistig umnachtet ist und nicht mal die einfachsten Hygieneregeln berücksichtigt. Ein sabbernder, brabbelnder und stinkender Regent. Ein armer kranker Mensch, und dennoch ist er der König Bayerns. Er ist der rechtmäßige Herrscher von Gottes Gnaden. Aber als oberster Repräsentant ist er eine Schande für das Land. Es ist gut, dass er versteckt wird. Sollte er jemals der Öffentlichkeit präsentiert werden, wird man Otto auslachen und sich damit über ganz Bayern lustig machen. Unser stolzes Königreich wird zur mitleiderregenden Farce werden. Wird der König nicht gesund, bleibt er eine andauernde Gefahr. Niemand darf je das erfahren, was hier gerade passiert, niemand.

Hiebler lehnte sich mit einem Seufzer in seinen Stuhl zurück, schloss die Augen und versuchte zu schlafen. Ottos »Lu-Lu-Lu« nervte ihn jetzt gewaltig. Er überlegte kurz, an seinen Schultern zu rütteln, sodass er doch letztlich aufhören würde. Zu Hieblers Erleichterung fuhr der Zug schließlich wieder los. Ottos Gemurmel ging im monotonen Rattern der Räder unter. Endlich, dachte Hiebler und schlief kurz danach wieder ein.

Kapitel drei

AM NÄCHSTEN MORGEN kam die Reisegruppe pünktlich am Würzburger Hauptbahnhof an. Wie die beiden Male zuvor, ging auch dieses Mal Hieblers erster Blick auf die Rebstöcke des Würzburger Steins unmittelbar oberhalb der Bahnstrecke. Jetzt, Anfang Oktober, waren die Trauben geerntet. Langsam ging die grüne Farbe der Blätter in ein strahlend leuchtendes, herbstliches Gold über. Die Sonne schien, und es war spätsommerlich warm an diesem Sonntagmorgen.

Jedes Mal, wenn ich nach Würzburg komme, gefällt es mir besser, dachte sich Hiebler und schmunzelte vor sich hin. Er griff sich seine beiden Taschen, Franz nahm die restlichen drei Gepäckstücke, Therese hängte sich bei Otto ein und führte ihn freudig lächelnd über den Bahnsteig. Als sie zusammen das Bahnhofsgebäude verlassen hatten, stiegen sie in eine Kutsche. Keiner der vielen Passanten nahm Notiz von ihnen. Niemand erkannte die Prinzessin Therese, geschweige denn den König. Sie waren Touristen oder Ausflugsgäste aus der näheren Umgebung, so wie viele andere auch an diesem sonnigen Oktobertag.

Sie nahmen eine offene Kalesche und genossen die

Fahrt durch die Stadt. Der Weg führte sie über den Pleicherring am Schlachthof vorbei. Hiebler musste kurz an den Tod von Rosas Bruder denken, der genau hier von einer Kutsche überfahren wurde. Dann ging es über die Luitpoldsbrücke auf die andere Mainseite durch die Zellerau und das Mainviertel zur Mergentheimer Straße. Links von der Strecke begleitete sie der Main, der träge in seinem Bett floss. Nach etwa einer Viertelstunde sahen sie rechts der Straße auf großflächigen Hanggrundstücken herrschaftliche Villen. Hiebler ahnte, dass sie nun gleich ihr Ziel erreicht haben und eines dieser schmucken Häuser beziehen würden. Der Kutscher trieb seine Pferde jedoch noch weiter, bis sie schließlich an einem kleinen Häuschen anhielten. Rechts ging entlang eines Baches ein schattiger Weg einen Hügel hoch. Links war eine große Wiese. Hiebler sah kurz auf das Haus. »Warum halten wir hier an?«, fragte er den Kutscher.

»Weil das die Adresse ist, die Sie mir gegeben haben«, antwortete er ruhig mit unterfränkischem Akzent.

»Sind Sie sicher?«, fragte Hiebler erneut.

»Sonst hätte ich nicht angehalten«, antwortete er trocken.

Hiebler zuckte mit den Schultern und zog seine Geldbörse aus der Jacke, um die Fahrt zu bezahlen. Therese stieg schwungvoll aus der Kutsche, blickte auf das Haus, atmete tief ein und strahlte. »Das ist fantastisch, Herr von Hiebler«, sagte sie. »Genauso ein Häuschen habe ich mir gewünscht. Vielen Dank, Herr von Hiebler, vielen Dank!«

Er lud rasch die Taschen aus der Kutsche, während Franz Otto beim Aussteigen half.

»Sind Sie da sicher, Königliche Hoheit? Es scheint mir etwas klein zu sein«, fragte er, als der Kutscher weiterfuhr.

»Absolut! Es ist perfekt«, antwortete sie. »Nur, bitte ab sofort keine Königliche Hoheit mehr, allenfalls Gräfin von Espen – oder Sie nennen mich einfach Therese.«

Hiebler nickte freudig lächelnd.

Zu viert standen sie vor dem Haus und begutachteten die Fassade. Die Wände waren ockerfarben getüncht. Das Dach war spitz, wobei die Dachschräge bereits ab dem ersten Stockwerk begann. Die Frontseite war am rechten Ende durch einen runden Standerker unterbrochen, der über den ersten Stock hinausragte und ähnlich wie ein Kirchturm mit einem runden Dach und einer Spitze endete. Das erste Geschoss war durch Fachwerk verkleidet. Hinter dem Haus war ein schmaler, verwilderter Garten. Die Wände waren nicht hoch, die Fenster klein. Das Haus war alles andere als eine Villa. Hierfür erschien es viel zu gedrungen. Dennoch wirkten die Farbe, das Fachwerk und der turmartige Standerker einladend. Hinzu kam, dass direkt am Haus vorbei ein kleiner Bach floss, der sich seinen Weg in den nur etwa 80 Meter entfernten Main suchte. Das Geräusch des rauschenden Wassers wirkte beruhigend. Unmittelbar vor dem Bach, neben dem Eingang an der linken Hausseite, stand eine Bank, die zum Ausruhen einlud.

»Thereschen!«, begann plötzlich Otto. »Wo ist mein Bett? Ich will schlafen.«

»Das sollst du, Otto«, sagte Therese und hakte sich bei ihm ein. »Komm mit, wir suchen die Zimmer.«

Sie ging zur Eingangstür und klopfte an.

Kurz danach wurde ihnen von einer stämmigen, etwas untersetzten Frau mittleren Alters geöffnet.

»Gräfin und Graf von Espen mit Gefolgschaft?«, fragte die Frau. Sie sah zunächst auf Otto, der sie ignorierte und an ihr vorbei in den Flur blickte.

»Wo ist das Bett, Thereschen?«, meinte er.

»Gleich, Otto, gleich«, erwiderte Therese. »Bitte, sind Sie uns nicht böse, aber mein Mann ist sehr müde«, sagte sie zu der Frau. »Ich bin Gräfin Therese von Espen, das ist mein Mann, unser Diener Franz und Herr Ritter von Hiebler.«

Die Frau nickte. Ihr Blick verblieb bei Hiebler. »Von Ihnen habe ich schon gehört«, sagte sie zu ihm. »Mein Mann erzählt gern und oft von Ihnen.«

Hiebler stellte die Taschen ab und sah verwundert auf die Frau. »Ihr Mann erzählt von mir?«

»Friedhelm Deschel, mein Mann! Er kennt Sie und sagte mir auch, dass ich mich hier für einige Tage um den Haushalt kümmern soll.«

»Sie sind Friedhelms Frau?«, fragte Hiebler lächelnd. Er ging auf sie zu, um ihr die Hand zu reichen. »Und er hat Sie gleich als Haushälterin verpflichtet?«

»So ist es. Mathilde Deschel«, entgegnete sie ihm und streckte die rechte Hand aus. »Aber ich mach das gerne.«

In diesem Moment schubste Otto Hiebler rüde zur Seite und drängelte sich an Frau Deschel vorbei ins Haus. »Bin müde, muss schlafen«, murmelte er vor sich hin.

»Na hoppla, der Herr Graf scheint es aber eilig zu haben«, sagte Mathilde überrascht.

»Bitte entschuldigen Sie meinen Gemahl«, beschwichtigte Therese erneut. »Sie müssen wissen, dass er krank ist und wirklich dringend seinen Schlaf braucht.«

Mathilde zuckte mit den Schultern. »Na, dann kommen Sie doch bitte auch rein und folgen dem Herrn Grafen. Ich zeige Ihnen kurz das Haus, dann lass ich Sie in Ruhe.«

Gemeinsam betraten sie einen engen Windfang, der zur Treppe führte. An der Wand hingen Haken zum Aufhängen von Mänteln und Hüten. Nach links ging es in eine Küche mit Zugang zu einer fensterlosen Speisekammer. Rechts kamen sie in den Wohnraum mit den runden Ausbuchtungen des Erkers an der Ostseite. Im Erker war ein runder Tisch mit Platz für sechs Personen passend eingebaut. Am Ende des Flurs, hinter der Treppe, war eine Toilette. Die Einrichtung war spartanisch überschaubar. Mathilde führte sie die enge Treppe in das Obergeschoss hoch. Hier waren drei Räume: zwei kleinere Kammern mit Kleiderschrank und einzelnem Bett sowie ein größeres Zimmer mit Doppelbett. In diesem Bett lag bereits Otto und schlief. Er hatte immer noch Mantel und Stiefel an.

Mathilde Deschel warf einen missbilligenden Blick auf den König. »Wenigstens seine Stiefel hätte er ja ausziehen können«, sagte sie. »Dass Sie es wissen, ich putze einmal in der Woche, nicht öfter! Morgens um 7 Uhr fang ich an, räume die Küche auf und bereite das Frühstück für die Herrschaften. Wenn sie Einkäufe benötigen, schreiben Sie mir eine Liste. Sollten Sie Wert darauf legen, dass ich Ihnen das Abendessen zubereite, kostet das extra. Ansonsten wünsche ich einen angenehmen Aufenthalt. Der Hausschlüssel hängt an einem Nagel in der Küche.«

Sie schob sich an den anderen vorbei und ging die Treppe wieder runter.

»Danke, Frau Deschel«, rief ihr Hiebler hinterher. »Und viele Grüße an Friedhelm. Sagen Sie ihm, dass ich mich die Tage bei ihm melden werde.«

»Richte ich aus. Bis morgen«, antwortete sie und verließ das Haus.

»Gut!«, begann schließlich Therese und klatschte in die Hände. »Dann richten wir uns mal ein, bevor der Kirchgang ansteht. Heute ist schließlich Sonntag.«

»Sind Sie wirklich sicher, dass dies ein Haus ist, welches Ihren Ansprüchen genügt, Königliche Hoheit?«, fragte Hiebler. »Sollen wir nicht doch lieber in ein Hotel?«

»Auf keinen Fall«, erwiderte sie. »Das hier ist perfekt. Noch lieber wäre mir ein Zelt, aber das möchte ich Otto nicht zumuten.« Sie begann zu lächeln und griff sich ihre Tasche. »In einer ruhigen Minute, Herr von Hiebler, muss ich Ihnen mal von den Schlafstätten während meiner Brasilienreise erzählen. Da ist das hier

Luxus, glauben Sie mir.« Mit der Tasche in der Hand ging sie in das Zimmer zu dem schlafenden Otto.

»Soll nicht besser ich den Raum mit Otto teilen, Königliche Hoheit?«, fragte Franz.

»Nein, Franz. Ich werde hier schlafen. Otto und ich sind der Graf und die Gräfin von Espen«, antwortete sie und gluckste wie ein junges Mädchen.

Hiebler zog verwirrt die Augenbrauen hoch und strich sich den Schnurrbart glatt. »Prinzessin Therese, bei allem Respekt, aber ich bestehe darauf, dass Sie eines der Einzelzimmer bekommen. Ich werde das Doppelbett mit Franz teilen, sodass König Otto und Sie Ihres Standes entsprechend wenigstens ein eigenes Bett haben.«

»Werter Herr von Hiebler, Sie brauchen nicht den Ehrenmann zu geben. Es hat alles seine Ordnung so. Glauben Sie mir. Begleiten Sie mich in einer Viertelstunde in die Kirche, dann werde ich Ihnen erzählen, warum dem so ist.« Therese schenkte Hiebler ein charmantes Lächeln. »Bis gleich!«, sagte sie und schloss die Tür.

Verdutzt schaute Hiebler auf Franz, der mit den Schultern zuckte. »Gehen Sie mit der Prinzessin zur Messe. Ich bleibe hier und pass auf Otto auf. Bin mal gespannt, was der Knabe heut noch alles anstellen wird«, sagte er gelassen.

Hiebler schüttelte stumm den Kopf. Dann ging er in eines der beiden anderen Zimmer, stellte seine Taschen auf den Boden, setzte sich aufs Bett und murmelte vor sich hin. »Ein verrückter König mit einer Cousine, die darauf besteht, das Bett mit ihm zu teilen und ihn auch noch ›mein Liebster‹ nennt. Ein viel zu kleines Haus und ein grobschlächtiger Pfleger, der einen König duzt und ihn mit Zigaretten versorgt. Ich bin Leiter des Nachrichtenbureaus im Innenministerium, was zum Teufel habe ich hier eigentlich verloren?«

Erneut schüttelte er den Kopf, dann räumte er den Inhalt der Taschen in Schrank und Kommode ein.

Anschließend verließ er das Zimmer, ging vor das Haus, setzte sich auf die Bank, blickte auf den Bach und genoss die Vormittagssonne.

Kapitel vier

15 Minuten später erschien Therese. Sie trug eine Perlenkette sowie dazu passende Perlenohrstecker. Ihre Haare hatte sie zwischenzeitlich frisiert und zu einem Dutt hochgesteckt. Lippen und Wangen waren dezent geschminkt. Hiebler war überwältigt von der Würde und Eleganz, die sie ausstrahlte.

Therese lächelte ihn breit an. »Kommen Sie, lieber Herr von Hiebler. Sie sind ortskundig, zeigen Sie mir den Weg zur Kirche.«

Hiebler nickte. Er überlegte kurz, welchen Weg sie zu nehmen hatten, dann beschloss er einfach, mainabwärts bis Sankt Burkard zu gehen. Er kannte die Kirche noch von dem Abend, als er gemeinsam mit Deschel Siebert, den ehemaligen Chef der Würzburger Gendarmerie, verfolgt hatte. Alternativ würden sie den Main überqueren und im Dom an der Messe teilnehmen.

»Ich weiß, dass Sie viele Fragen haben«, begann Therese, als sie einige Meter gegangen waren. »Ich werde alle beantworten, nur lassen Sie mich zunächst die heilige Messe feiern und auf dem Weg dorthin die schöne Gegend hier genießen.«

»Selbstverständlich, Königliche Hoheit, fühlen Sie sich nicht von mir gedrängt. Ich bin hier, um Sie zu schützen.«

»Sie sind ein netter Mann, Herr von Hiebler – oder darf ich Georg sagen? Aber hören Sie bitte auf, mich mit Hoheit anzusprechen. Hier bin ich die Gräfin von Espen oder einfach nur Therese.«

»Sehr gerne, Frau Gräfin!«, erwiderte Hiebler.

Therese lächelte.

Nachdem sie auf der Mergentheimer Straße etwa 600 Meter zurückgelegt hatten, blickte Therese links nach oben.

»Das ist eine hübsche Kirche«, sagte sie. »Ist das unser Ziel?«

Hiebler folgte Thereses Blick und sah das *Käppele*. Die Rokokokirche thronte oberhalb des steil nach oben führenden Kreuzwegs, der durch kleine ockerfarbene Stationskapellen mit Zwiebelhauben von der Straße aus zu sehen war. Obwohl die von Balthasar Neumann erbaute Kirche, ähnlich wie die Marienfestung, von ganz Würzburg aus immer zu bestaunen war, hatte Hiebler bisher nicht die Gelegenheit gehabt, Kirche und Kreuzweg zu besuchen. »Soweit ich weiß, ist das das *Käppele*«, sagte er schließlich. »Eine der Sehenswürdigkeiten der Stadt.«

»Das kann ich gut verstehen. Die Kirche ist wunderschön. Ich fürchte nur, dass wir für die Messe hier zu spät sind. Die Menschen gehen den Berg hinunter statt hinauf«, erwiderte Therese und zeigte auf die vielen Personen, die von oben in die Mergentheimer Straße einbogen.

»Das macht gar nichts«, sagte Hiebler. »In Würzburg gibt es so viele Kirchen in unmittelbarer Nachbarschaft. Die Messe im *Käppele* können wir ja nächsten Sonntag einplanen.«

Therese nickte lächelnd und ging weiter.

Nach etwa 300 Metern erreichten sie Sankt Burkard. Bevor sie das mittelalterliche Gemäuer betraten, das in seiner romanischen Einfachheit so im Gegensatz zu den vielen Barock- und Rokokokirchen Würzburgs stand, blickte Hiebler den Weinberg hoch bis zur Marienfeste. Nachdenklich blieb er stehen. Vor zweieinhalb Jahren stürzte sich Siebert hier in den Tod. Deschel und er fanden den zertrümmerten Leichnam vor der hinteren Kirchenmauer.

»Alles in Ordnung?«, fragte Therese, als sie merkte, dass Hiebler zurückblieb. »Geht es Ihnen gut, Georg?«

»Ja, ja. Alles in Ordnung«, antwortete er und setzt ein gekünsteltes Lächeln auf. Dann gingen sie beide in den Kirchenraum.

Als sie Sankt Burkard betraten, sang die Gemeinde bereits das Eingangslied. Die Sitzreihen waren voll belegt, sodass ihnen nichts anderes übrig blieb, als den Gottesdienst stehend in der letzten Reihe zu verfolgen.

Mit dem Segen verließen sie nach der Messe die Kirche. Die eher einfach gekleideten Kirchgänger – vorwiegend Kleinbauern und Handwerker aus dem Mainviertel – betrachteten neugierig die beiden Fremden. Vor allem Thereses elegante Kleidung und Schmuck erzeugte Aufmerksamkeit.

»Wollen Sie wieder zurück, oder sollen wir noch in die Stadt gehen, Frau Gräfin?«, fragte Hiebler, als sie an der Straße standen.

»Lassen Sie uns in die Stadt gehen. Ich würde auch gerne einen Happen essen und etwas trinken«, antwortete Therese und hakte sich bei Hiebler ein. Sie gingen Richtung Mainbrücke und hinterließen ein Gemurmel und erstaunte Blicke der sich noch zum sonntäglichen Tratsch vor der Kirche versammelnden Mainviertler.

Nachdem sie den Main überquert hatten, gingen sie die Domstraße hinunter am Dom vorbei, bis sie schließlich in einer kleinen Gaststätte in der Hofstraße einkehrten. Jetzt, mittags, war es sehr warm in der Sonne, sodass sie beschlossen, in dem dazugehörigen kleinen Garten vor dem Wirtshaus Platz zu nehmen. Von ihrem Tisch aus konnten sie die Würzburger Residenz sehen. Kaum dass sie beide saßen, kam ein Kellner und nahm ihre Bestellungen auf.

»Mein Vater wurde dort geboren«, sagte Therese und zeigte mit dem Kinn in Richtung der Residenz. »Er hat uns Kindern das Leben in einem Schloss aber eher als abschreckend geschildert. Aus diesem Grund hat er später meine Mutter, mich und meine Brüder immer lieber in eher gewöhnlichen Wohnhäusern untergebracht. Erst mit dem tragischen Tod von Ludwig und der Ernennung meines Vaters zum Prinzregenten mussten wir in die Münchner Residenz und ins Schloss Nymphenburg umziehen. Die Etikette hat es so von uns verlangt. Aber der Prunk und das Leben am Hof können sehr belastend sein. Auch wenn Sie mir das nicht glauben werden.«

Hiebler nickte verständnisvoll. Es war für ihn eine vollkommen neue Situation, so vertraut und ungezwungen, mit einer Prinzessin plaudernd, am Tisch einer gewöhnlichen Gaststätte zu sitzen. Er sah sich um und warf einen Blick auf die anderen Gäste. Ähnlich wie er und Therese unterhielten sich Paare und Familien miteinander. Niemand schien zu ahnen, um wen es sich bei seiner Begleiterin handelte.

»Wissen Sie, Georg«, fuhr Therese fort, »ich habe schon immer versucht, mein eigenes Leben zu führen – soweit mir dies in Anbetracht meines Standes überhaupt möglich war. Ich war ein braves und gutes Kind und ich bin ein schwaches Weib. Andererseits – lachen Sie jetzt bitte nicht über mich – fühle ich Männerkraft in mir, und dieser Widerspruch verursacht einen fortwährenden Kampf. Es wühlt in mir, Georg. Was mir schwer zu schaffen macht, sind Zwänge, Intrigen und Einschränkungen. Ich will meine Freiheit und wünsche mir ein bescheidenes Leben unabhängig von gesellschaftlichen Einflüssen. Ich suche nach einer Stellung, in der sich der Mensch selbstständig entwickeln kann, so wie unser Schöpfer ihn angelegt hat. Aus diesem Grund trete ich meine Exkursionen in die entferntesten Winkel der Erde an und erkunde dort Gottes Werk. Ich reise mit einfachsten Mitteln und respektiere die Gebräuche der Ureinwohner. Sei es in den Anden, sei es im brasilianischen Regenwald. Und wissen Sie was? Otto hat mich stets auf den ganzen Reisen begleitet – zumindest die

Vorstellung von ihm. Wann immer ich großen Gefahren ausgesetzt war und sogar der Tod mir drohte, da sah ich ihn vor mir: wie er leidet, wie er kämpft mit seinen Gedanken und den Stimmen im Kopf, wie er einsam und verlassen ist. Immer dann dachte ich mir, dass, wenn ich nun sterben würde, ich doch nichts mehr für ihn tun könnte. So bin ich über die Jahre hinweg Otto treu geblieben.«

Hiebler hörte ihr interessiert zu und blieb stumm. Sie machte eine Pause und trank einen Schluck Wasser.

In diesem Moment wurde ihnen die Suppe serviert.

Therese dachte kurz nach. Dann seufzte sie. »Zu Otto komme ich aber gleich. Lassen Sie uns zunächst etwas essen, bevor es kalt wird«, sagte sie und griff sich einen Löffel. Hiebler nickte und steckte sich die Serviette in den Kragen.

Nachdem sie beide nahezu stumm ihre Suppe ausgelöffelt hatten, kam sogleich der Hauptgang, Tafelspitz mit Salzkartoffeln. Sorgfältig begann Hiebler, das faserige Fleisch mit dem Messer zu zerteilen.

»Therese, ich fühle mich sehr geehrt, dass Sie mit mir Ihre Gedanken teilen«, begann er, während er sich den ersten Bissen in den Mund schob. »Und soweit es mir möglich ist, verstehe ich auch ihre Beweggründe. Aber gestatten Sie mir zu fragen, warum Sie mir das alles erzählen und welche Aufgabe ich hier in Würzburg in Ihrem Sinne überhaupt übernehmen soll? Ich bin weder Soldat noch Arzt noch Freund oder Verwandter. Ich bin nicht ausgebildet darin, Sie zu schützen oder Otto zu heilen. Ich bin nicht Ihr Kamerad, Cousin oder Neffe, der sich berufen fühlt, Sie vertrauensvoll zu beraten. Helfen Sie mir, was erwarten Sie von mir?«

Therese kaute langsam auf einem Bissen, dann schluckte sie runter, spülte mit einem Schluck Wasser nach und lächelte Hiebler an.

»Das ist eine gute Frage«, erwiderte sie. »Wahrscheinlich erwarte ich gar nichts von Ihnen. Lassen Sie mich offen und frei antworten. Sie sind kein Gelehrter, sind eitel, forsch, unerfahren und handeln oft überstürzt, mein lieber Herr von Hiebler. Aber Sie scheinen immer dann, wenn die Fragen komplex werden und die Probleme schwer zu lösen sind, aus irgendeinem Grund die richtigen Antworten zu finden. Das hat mir zumindest Herr von Feilitzsch berichtet, der Sie im Übrigen sehr schätzt. Und dann ist da noch mein Gespür, meine weibliche Intuition, die mir sagt, dass diese ihre Eigenschaft oder Fähigkeit demnächst von Nutzen sein wird. In unser aller und vor allem in Ottos Interesse.«

Hiebler schaute sie zunächst nachdenklich an. War das jetzt ein Lob, oder hat sie über mich gespottet, fragte er sich. Er beschloss, es als Lob zu erachten, nickte daher zustimmend und aß seinen Teller leer.

»Haben Sie eigentlich eine Verlobte oder zumindest eine Liebschaft?«, fragte unversehens Therese.

»Nun, bisher habe ich mich der Sache nicht so richtig angenommen. Die Gelegenheit, eine Braut zu finden, ergab sich noch nicht«, antwortete Hiebler verlegen. Er musste kurz an seine Erlebnisse mit Rosa zwei Jahre zuvor denken.

»Georg, Sie enttäuschen mich. Das ist eine dumme Antwort«, erwiderte Therese. »Die Suche nach einer Frau ist für Sie also ähnlich wie der Kauf eines Pferdes? Man muss sich der Sache annehmen, wenn es notwendig wird? Ist das Ihr Ernst?«

»Ja … nein … natürlich nicht, ich meine …«, stammelte Hiebler.

»Sagen Sie doch einfach, dass Sie bisher noch nicht die Frau gefunden haben, die Sie so sehr lieben, dass Sie den Rest Ihres Lebens gemeinsam mit ihr verbringen möchten.«

Hiebler blickte etwas verschämt zu Boden. »Nun ja, wahrscheinlich haben Sie recht«, erwiderte er zerknirscht.

»Sie sind ein Mann, Georg. Und Sie sind aufgrund Ihres Standes nicht an altertümliche Gebräuche gebunden«, fuhr Therese fort. »Sie haben die Möglichkeit, nach Ihrem Herzen zu entscheiden, und dies sollten Sie nutzen. Meine Erlebnisse sind da eher ernüchternd. Bis zu meinem 26. Lebensjahr wurden mir in unregelmäßigen Abständen Heiratskandidaten vorgestellt. Es waren Prinzen, Herzöge und Grafen aus allen deutschen Ländern – viele Schmeichler und Streber. Vielleicht wäre mir der eine oder andere ein guter Ehemann und ich ihm eine gute Frau und Mutter seiner Kinder geworden. Aber allein die Tatsache, wie eine Zuchtstute auf einem Tiermarkt gehandelt zu werden, war mir zutiefst zuwider. Und so musste ich mich widersetzen. Wann immer ein Kandidat mir seine Aufwartung machte, spielte ich eine Rolle. Ich war frech, ungezogen und gaukelte oft körperliche Missbildungen oder Krankheiten vor, die es mir unmöglich machen würden, Kinder zu gebären.«

Therese musste nun über sich selbst lachen.

»Diese Strategie war mit der Zeit so erfolgreich, dass es irgendwann mein Vater und meine Brüder aufgegeben haben, mich zu verkuppeln. Und dann …«

»Und dann?«, fragte Hiebler nach.

»Und dann gab es da noch Otto – die große Liebe meines Lebens«, erwiderte Therese zögerlich. Sie sah von ihrem leeren Teller hoch auf die Residenz. Hiebler meinte zu erkennen, dass sich ihre Augen mit Tränen füllten. Sie atmete tief durch.

»Kommen Sie, Georg! Lassen Sie uns noch etwas spazieren gehen.«

Hiebler nickte. Er rief die Bedienung und bezahlte die Rechnung. Anschließend standen sie beide auf und gingen über die Hofstraße zur Residenz und am Hofgarten vorbei in den Ringpark.

»Sie können sich noch an die Königinmutter erinnern?«, begann Therese nach einer Weile.

»Selbstverständlich kann ich das«, antwortete Hiebler. »Sie starb bedauerlicherweise letztes Jahr im Frühjahr.«

»So ist es. Am 18. Mai 1889, um genau zu sein. Wissen Sie, Georg, nachdem meine Mutter sehr früh gestorben ist, war mir Tante Marie eine Ersatzmutter. Marie hatte es weiß Gott nicht leicht. Zunächst stirbt 1864 urplötzlich der eigene Mann, König Max II., dann, 22 Jahre später, verfällt der erstgeborene Sohn, König Ludwig II., zunächst dem Wahnsinn und wählt anschließend den

Freitod. Damit nicht genug, erkrankt der zweite Sohn, Otto, als junger Mann ebenfalls an dieser schlimmen Geisteskrankheit. Meine Tante hat sich aufopfernd um ihn bis zu ihrem bitteren Ende gekümmert. Jetzt, nach Maries Tod, bin ich die einzig verbliebene Familienangehörige, die sich um Otto sorgt. Und dieses Versprechen habe ich der Tante am Sterbebett geleistet: dass ich mich zeit meines Lebens um ihn kümmern werde. Aber nicht nur das. Seit meinem 13. Lebensjahr, seitdem ich das erste Mal merkte, dass ich eine Frau und nicht mehr ein Kind bin, seit diesem Zeitpunkt ist Otto die Liebe meines Lebens. Trotz seiner Krankheit war und ist er mir der liebste und wertvollste Mensch. Ich wollte niemals an der Seite eines anderen Mannes stehen.«

Hiebler nickte. »Und aus diesem Grund haben Sie nicht geheiratet?«, fragte er.

Therese blieb kurz stehen. Sie blickte mit einem angedeuteten Lächeln nach oben und drehte den Ring, den sie an ihrer linken Hand trug. Dann sah sie erneut auf Hiebler. »Nein, das stimmt nicht ganz. Auch wenn es keine offizielle Hochzeit gab, so bin ich doch mit dem Segen von Tante Marie mit Otto vermählt. Und dieser Ring« – sie hielt jetzt ihre linke Hand Hiebler hin – »ist mein Ehering. Tante Marie hat mich vor drei Jahren damit überrascht. Sie steckte mir den Ring an den Finger. Somit wurde er zum Trauring, der mich auch äußerlich an den Mann bindet, dem ich im Herzen schon fast ein Vierteljahrhundert angehöre.«

»Sie sind ein bemerkenswerter Mensch«, erwiderte Hiebler.

Therese schüttelte den Kopf und ging weiter. »Das bin ich nicht«, sagte sie. »Sollten Sie selbst einmal eine Frau tief und innig lieben, werden Sie sehen, dass dies eines der normalsten Dinge auf der ganzen Welt ist.«

»Aber diese schreckliche Geisteskrankheit …«

»… ist schlimm, Georg. Aber dennoch muss ich mich doch um ihn kümmern. Und vielleicht … vielleicht wird er ja auch wieder gesund. Aus diesem Grunde sind wir auch hier, nicht wahr? Gleich am Dienstagnachmittag habe ich einen Termin mit Herrn Professor Rieger vereinbart. Er soll nach den neuesten wissenschaftlichen Erkenntnissen arbeiten. Ich verspreche mir sehr viel von dem Besuch.«

Hiebler nickte. Sie gingen beide eine Zeit lang stumm nebeneinander, bis sie am Mainufer ankamen. Versonnen blickten sie auf das langsam dahinfließende Wasser.

»Dann sind Sie also verheiratet mit einem König, dem obersten Repräsentanten Bayerns?«, begann schließlich Hiebler.

»Na ja«, antwortete Therese. »Wir sind ja nicht kirchlich oder offiziell getraut. Es ist ein Bund der Liebe. Unsere Verbindung hat keinerlei politische Auswirkungen, und ich werde mich sicherlich nicht Königin Therese nennen. Mir geht es nicht um Macht, um Politik oder ums Regieren. Mir geht es um die Fürsorge für einen kranken Menschen und um den Wissenszuwachs durch meine Reisen. Das sind die beiden Dinge, die mein Leben lebenswert machen. Ich fürchte mich vor nichts, Georg, aber ich habe keinerlei Interesse am höfischen Leben.«

»Aber wäre es nicht ein Segen für unser Bayern, wenn jemand wie Sie, Therese, dessen Geschicke leiten würde? Sie als Königin Bayerns – ähnlich wie Königin Victoria für das britische Empire?«

Therese musste jetzt auflachen. »Ha! Hören Sie auf, Georg. Um Gottes willen. Was für eine schreckliche Vorstellung. Meine berufliche Neigung ist es, Wissenschaftlerin zu sein. Wissenschaft und Politik, das widerspricht sich. Und dann die ständigen Demütigungen, denen sich Otto aussetzen müsste. Niemals, Georg!«

Hiebler blickte weiter auf den Fluss. »Verstehen Sie mich jetzt nicht falsch, aber hat unser Bayern nicht einen klugen und gerechten König oder eine Königin verdient? Alleine schon, um unsere Interessen im Reich vertreten zu können?«

Therese sah ihn jetzt verwundert an. »Wie meinen Sie das, Georg?«, fragte sie.

»Na ja, ich denke an den kranken Mann dort auf der anderen Seite des Mains, der sich, ohne zuvor die Stiefel auszuziehen, ins Bett legt und die ganze Nacht vor sich hin murmelt. Dieser König kann nicht Bayern vertreten. Er muss versteckt werden. Niemand sollte von ihm wissen. Zu seinem eigenen Schutze.«

»Das stimmt«, erwiderte Therese nachdenklich. »Daher lebt er ja auch abgeschieden und einsam in Fürstenried. Und aus gleichem Grunde gibt es ja auch meinen Vater, den Prinzregenten, der den König in allen Belangen vertritt. Das Volk ist zufrieden mit ihm.«

Hiebler blickte auf Therese und zeigte ihr ein aufgesetztes Lächeln. »Hm, Sie haben recht«, sagte er. »Lassen Sie uns jetzt zurückgehen.«

Therese nickte. Beide machten sich auf den Weg zum alten Zollhaus an der Mergentheimer Straße.

Etwa 20 Minuten später kamen sie an. Die Eingangstür stand offen.

»Hallo, jemand zu Hause?«, rief Hiebler.

»Wir sind hier hinten, wenn Sie kommen wollen«, hörten sie mit gedämpfter Stimme Franz antworten.

Therese und Hiebler folgten der Aufforderung und gingen in den Garten hinter das Haus. Es war jetzt, am frühen Nachmittag, immer noch fast hochsommerlich warm. In der hintersten Ecke des Grundstücks sahen sie Franz und Otto an einem Gartentisch im Schatten sitzen. Franz winkte beide zu sich. Therese begann zu lächeln und machte sich rasch auf den Weg.

»Otto, wie geht es dir?«, fragte sie ihn. »Hast du dich gut erholt? Hast du Hunger? Willst du was essen?«

Otto sah sie kurz ausdruckslos an, dann zog er an der Zigarette in seinem rechten Mundwinkel und wandte sich wieder ab.

»Hat er was gegessen?«, fragte sie jetzt Franz.

»Leider nein«, antwortete dieser. »Er stand auf und hat mich nach den Zigaretten gefragt. Da er wieder mit seinen Zündeleien anfangen wollte, sind wir gleich hier in den Garten rausgegangen.«

»Was ist denn das?«, fragte der mittlerweile hinzugekommene Hiebler und deutete auf einen etwa 20 Zentimeter hohen Aschehaufen neben dem Tisch.

»Das sind die Reste der erwähnten Zündelmacke unseres Königs«, antwortete Franz trocken. Otto selbst ignorierte alle Anwesenden, starrte ins Leere und inhalierte tief den Rauch. Hiebler blickte fragend auf Franz.

»Na ja, er zündet sich jedes Mal eine Zigarette nicht nur mit einem einzelnen Zündholz, sondern mit der ganzen Schachtel an. Sechs Zigaretten entsprechen sechs Zündholzschachteln. Im Haus habe ich noch vier Schachteln. Wenn die aufgebraucht sind, kann er recht schnell wütend werden oder noch schlimmer: Er fängt dann an, die Zigaretten zu essen. Alles schon vorgekommen.«

Hiebler schüttelte ungläubig den Kopf. Therese ging zu Otto und legte ihm ihre Hand auf die Schulter. »Otto, hörst du mich?«, fragte sie sanft. »Otto?«

Statt einer Antwort kam ein Grunzen, gefolgt von einem »Tabak – Dabak ... Tabak – Dabak.«

»Hörst du wieder deine Stimmen?«, fragte Therese besorgt nach.

Otto drehte sich langsam zu ihr hin. »Du hörst's doch auch, du Dummchen, der Glabaratsch spricht. Tabak – Dabak, sagt er. Der Teufel kommt. Die wollen mich töten! Und dir sagt er's auch! Ich weiß das vom Glabaratsch. Erzähl mir nichts anderes, du dummes Weib! Du dümmstes Weib der Welt, du!«, zischte er wütend.

Dann wandte er sich von Therese ab und starrte wieder ins Leere, als ob nichts passiert sei.

»Das kann nicht sein. Das darf nicht sein. Schließlich ist er unser König«, murmelte Hiebler fassungslos vor sich hin.

Therese begann zu weinen.

Kapitel fünf

DEN NÄCHSTEN TAG verbrachten sie zu viert bei einem gemeinsamen Ausflug. Sie gingen durch das Steinbachtal zur Annaschlucht, weiter über den Nikolausberg, dann runter zum Main und von dort am Fluss entlang wieder zurück zum Ausgangspunkt. Es war eine wunderschöne Wanderung bei herrlichem Wetter, die ihnen allen – auch Otto – gefiel. Therese suchte mit Otto im dichten Wald immer wieder nach Pilzen, während die anderen beiden Männer sich über Belanglosigkeiten austauschten. Otto schien die Bewegung an der frischen Luft gut zu tun. Er sprach zwar wenig, aber die Stimmen in seinem Kopf schienen verstummt zu sein. Hin und wieder freute er sich wie ein Kind, wenn er einen Pilz gefunden hatte.

Sie waren den ganzen Tag unterwegs. Mehrmals machten sie Rast und kehrten in kleinen Wirtshäusern ein. Das Essen dort war köstlich, nur Otto verweigerte weiter jegliche Nahrung. Seit der Zugfahrt hatte Otto nichts, nicht mal mehr den kleinsten Bissen zu sich genommen. Er trank nur ein paar Schlucke Wasser, mehr nicht. Auch am Abend, nachdem Therese die gesammelten Pilze zubereitet hatte, aß er nichts davon.

Tags darauf, am frühen Nachmittag, machten sich Therese, Franz und Otto auf den Weg zu dem vereinbarten Arzttermin. Hiebler wollte zurückbleiben und die Zeit nutzen, ungestört im Garten sein Buch lesen zu können. Otto war ruhig und kooperativ mit der Ausnahme, dass er immer noch nichts aß und sich zudem beharrlich weigerte, seine Stiefel auszuziehen. Er trug sie nun bereits seit Samstagabend durchgehend, Tag und Nacht. Da er Schmerzen beim Gehen hatte, musste Franz ihn stützen.

Sie nahmen sich zu dritt eine Kutsche und ließen sich in die Rotkreuzstraße auf die andere Mainseite, nicht weit weg vom Bahnhof, bringen. Therese hatte sich zuvor erkundigt und telegrafisch einen Termin bei Herrn Professor Rieger vereinbart. Rieger hatte erst vor drei Jahren die Leitung der Nervenklinik von Professor von Grashey übernommen, nachdem dieser nach München gewechselt war. Die medizinische Fakultät hatte zunächst befürchtet, dass das Renommee der Klinik sinken würde. Das Gegenteil war der Fall. Der junge Professor schaffte es, die Zahl der Patienten merklich nach oben zu treiben. Die Klinik musste daher aus Platzgründen vom Juliusspital in einen provisorischen Bau in die Rotkreuzstraße ziehen, während zeitgleich eine vollkommen neue Klinik unterhalb des Würzburger Stein im Stadtteil Grombühl gebaut wurde.

Nach etwa 15 Minuten hielt der Kutscher vor einem vierstöckigen Gebäude. Vor dem Haus hing ein großes Schild mit der Aufschrift »Universitätsnervenklinik«. Unmittelbar darunter stand: »Zur Privatordination Professor Rieger rechten Seiteneingang nehmen«.

Therese las, nickte kurz und hakte sich bei Otto ein. »Komm mit, hier müssen wir lang«, sagte sie zu ihm. Franz folgte ihnen.

Sie gingen durch den Seiteneingang ein paar Stufen hoch, bis sie in einen Raum kamen, in dem hinter einem Tisch ein Krankenpfleger mit weißer Jacke saß. Im Gegensatz zu seinem Berufskollegen Franz war dieser Pfleger klein und schmächtig. Er hatte die weichen Gesichtszüge einer Frau, die nur durch ein schmales und lichtes Oberlippenbärtchen gestört wurden. Obwohl er wahrscheinlich schon älter als 40 Jahre alt war, hatte er das Gesicht eines pubertierenden Jünglings. »Graf und Gräfin von Espen?«, fragte er lächelnd Therese. Mit Blick auf Otto rümpfte er die Nase. Franz schien er zu ignorieren.

»So ist es«, antwortete Therese.

»Wir haben Sie bereits erwartet«, fuhr der Pfleger fort. Er hatte eine Fistelstimme und sprach mit eher norddeutschem Dialekt. »Wenn Sie um die Ecke im Wartezimmer noch kurz Platz nehmen möchten?« Mit der rechten Hand wies er in einen anderen geräumigen Raum, der mit mehreren, ordentlich an der Wand aufgereihten Stühlen ausgestattet war.

»Vielen Dank!«, sagte Therese und zerrte Otto in das Zimmer. Otto jammerte beim Gehen und stützte sich auf Franz. »Wenn wir wieder zurück sind, werden die Stiefel ausgezogen, das verspreche ich dir, Otto. Egal, ob es dir passt oder nicht!«, zischte Franz zur Verwunderung des Pflegers.

Nachdem sie etwa fünf Minuten gewartet hatten, öffnete sich eine Tür, und eine Krankenschwester erschien. »Wenn Sie bitte eintreten wollen«, sagte sie und hielt die Tür auf.

»Franz, du wartest hier auf uns«, sagte Therese, zog Otto hoch und folgte der Krankenschwester. Als sie den Raum betraten, wurden sie bereits von Professor Rieger stehend erwartet. »Das Grafenpaar von Espen«, begann er und zeigte auf zwei Stühle vor einem großen Schreibtisch. »Guten Tag, mein Name ist Professor Rieger. Nehmen Sie doch bitte Platz.« Er hatte einen weichen, leicht schwäbisch klingenden Akzent.

Rieger verzichtete auf den Handschlag. Er machte eine angedeutete Verbeugung und setzte sich Otto und Therese gegenüber an den Tisch. Der Professor trug einen weißen Arztkittel und darunter einen schwarzen Anzug. Er war schlank, relativ groß, hatte eine ovale Kopfform, eine lange Nase, tief liegende Augen und ein etwas fliehendes Kinn. Die Haare waren dunkelbraun, und er trug einen buschigen schwarzen Schnurrbart. Trotz seines für einen Professor noch relativ jungen Alters von 35 Jahren wirkte er klug und erfahren.

»Wie kann ich Ihnen helfen?«, fragte er.

Otto blickte kurz auf den Professor, dann starrte er aus dem Fenster.

»Es geht um meinen Mann«, begann Therese, griff sich Ottos Hand und legte sie in ihren Schoß. »Wir kommen aus der Gegend um München. Die Ärzte dort haben bei ihm eine Dementia praecox diagnostiziert. Es geht nun darum, dass wir zwar eine Diagnose haben, uns jedoch nicht mit dem therapeutischen Nihilismus abfinden wollen. Sie, Herr Professor Rieger, haben einen hervorragenden Ruf. Aus diesem Grund sind wir hier.«

Rieger fühlte sich sichtlich geschmeichelt. Er lehnte sich gemächlich in seinem Stuhl zurück. »Wer der Kollegen in München hat denn die Diagnose gestellt?«, fragte er weiter.

»Verstehen Sie mich nicht falsch, aber das möchten wir nicht mitteilen. Sie sollen sich unvoreingenommen ein Bild machen können.«

»Hm, ein ungewöhnlicher Weg. Leichter und schneller kämen wir voran, wenn Sie mir sämtliche Vorbefunde und Stellungnahmen der Kollegen übermitteln könnten.«

Therese antwortete mit einem gequälten Lächeln. Otto starrte weiter regungslos aus dem Fenster.

Rieger beobachtete nun intensiv Otto.

»Na gut!«, sagte er nach einer Weile. »Wie Sie wünschen, Frau Gräfin. Das wird dann jedoch etwas dauern. Ich werde Ihren Gemahl gründlich untersuchen müssen und mehrere Tests durchführen. Je nach dem Ergebnis werden dann noch weitere Termine in meiner Ordination notwendig sein. Sind Sie damit einverstanden?«

»Absolut, Herr Professor, aus diesem Grund sind wir ja hier«, antwortete Therese. »Zeit und Geld sollen für uns keine Rolle spielen. Hauptsache, Sie können Otto helfen.«

Rieger nickte. »Dann darf ich Sie, Frau Gräfin, bitten, im Wartezimmer Platz zu nehmen.«

»Sie wollen mit ihm allein im Raum bleiben? Geht das?« Besorgt blickte sie auf Otto, der weiterhin keine Regung zeigte.

»Ich werde Sie rufen, wenn es Probleme geben sollte. Und Schwester Katharina ist ja auch noch da.«

Therese blickte sich um. Die Krankenschwester, die sie zuvor in das Arztzimmer geleitet hatte, stand hinter ihr und lächelte sie freundlich an. »Kommen Sie, Frau Gräfin«, sagte sie und öffnete die Tür zum Warteraum.

Unsicher erhob sich Therese. »Sei bitte brav, Otto«, flüsterte sie ihm zu und verließ den Raum.

Mit einem mulmigen Gefühl im Bauch setzte sie sich neben Franz und wartete.

Während Professor Rieger mit Otto beschäftigt war, stand Therese immer wieder auf und horchte an der verschlossenen Tür. Einmal hörte sie Otto fluchen und die Krankenschwester beschimpfen. Dann herrschte wieder Ruhe.

Nach gut einer Stunde wurde Therese gemeinsam mit Franz in das Arztzimmer gerufen. Professor Rieger machte sich noch Notizen. Otto stand vor dem Fenster und brabbelte Unverständliches vor sich hin.

Rieger blickte kurz zu Therese hoch, ohne sich zu erheben, und signalisierte ihr mit einer Handbewegung, sich zu setzen. Er sah kurz auf Franz. »Sie sind?«, fragte er.

»Pfleger Franz, ich kümmere mich schon seit einigen Jahren um seine Majes… äh um den Grafen.«

Rieger stutzte kurz, dann nickte er. Er schrieb noch kurz etwas auf, dann schraubte er den Deckel auf den Füllfederhalter und legte diesen neben die Krankenakte.

»Herr Pfleger, wenn Sie bitte mit dem Grafen jetzt noch eine Minute vor der Tür warten? Ich muss mit der Gräfin alleine sprechen«, sagte Rieger zu Franz. Dann wandte er sich an Katharina. »Und Sie würde ich bitten, Wilhelm Bescheid zu geben, dass er einen Wiedervorstellungstermin für den Grafen von Espen für übermorgen Nachmittag blockieren möge und etwaige andere Termine verschieben soll.«

Die Krankenschwester machte einen Knicks und geleitete Franz und den hinkenden Otto zur Tür hinaus.

»Ach, und Schwester?«, rief er Katharina hinterher, »für wann ist eigentlich der Kollege aus Werneck terminiert?«

Katharina blieb stehen und warf einen Blick auf die große Standuhr im Wartezimmer. Dann drehte sie sich zu Rieger um. »In fünf Minuten wäre der Termin«, sagte sie und schloss die Tür.

Rieger atmete tief durch, als die Tür geschlossen war. Dann beugte er sich zu Therese vor. »Frau Gräfin, Sie haben es mitbekommen, der nächste Termin steht gleich an. Ich will daher nicht ausschweifen und gleich zum Punkt kommen. Ihr Gemahl ist in einem sehr schlechten Zustand, sowohl körperlich als auch geistig. Aber wahrscheinlich hängt auch das eine vom anderem ab. In der körperlichen Untersuchung zeigt sich ein massiv reduzierter Ernährungszustand. Ihr Mann ist ungepflegt und scheint starke Schmerzen an den Füßen zu haben – obgleich er es uns hier bei Gewaltandrohung nicht erlaubte, ihm die Stiefel auszuziehen. Schwester Katharina wurde übel von ihm beschimpft.«

Das Fluchen Ottos, welches bis durch die Tür drang, dachte sich Therese. »Das tut mir leid, Herr Professor«, erwiderte sie.

Rieger musterte sie kurz, dann fuhr er fort: »Die sonstige körperliche Untersuchung einschließlich der Vermessung des Schädels war weitgehend unauffällig. Ich gehe daher davon aus, dass es keine angeborene, sondern eine erworbene Geisteskrankheit ist.«

Therese nickte.

»Nun zum Geisteszustand. Ich muss hier noch ein paar Tests machen, um zu einem definitiven Urteil zu kommen. Es liegt auf jeden Fall eine Intelligenzminderung vor, weiterhin zeigt der Patient eindeutige Hinweise auf Wahnvorstellungen. Er war fahrig und schien sich zwischenzeitig immer wieder mit nicht anwesenden Personen zu unterhalten.«

»Das ist das Hauptübel, Herr Professor«, ging Therese dazwischen.

»Mag sein. Hängt aber alles voneinander ab, Frau Gräfin. Das Gehirn hat mannigfache Aufgaben. Ist das Organ erkrankt, kann es zu Ausfällen jeglicher Art kommen. Gelegentlich gibt es Hirnareale, die stärker betroffen sind. Dementsprechend hängt das Krankheitsbild oft von der Lokalisation und dem Ausmaß des Schadens in dem jeweiligen Hirnareal ab. Es handelt sich hierbei um ganz neue Erkenntnisse der Wissenschaft.

Ich nehme einmal an, dass bei dem Herrn Grafen die Erkrankung vom Frontalhirn aus ihren Ausgang nahm. Kurzum: eine Dementia praecox mit starker halluzinatorischer Komponente.«

Rieger beugte sich vor zu Therese und blickte ihr tief in die Augen. »Verehrte Gräfin«, fuhr er fort. »Ich kann mir nicht vorstellen, dass der Herr Graf alleine, außerhalb der Mauern einer entsprechend ausgestatteten Krankenanstalt, überhaupt lebensfähig ist.«

Therese erwiderte kurz seinen Blick, dann drehte sie den Kopf zur Seite. Ihr schossen die Tränen in die Augen. Aus einem Ärmel zog sie ein seidenes weißes Taschentuch und tupfte damit Wangen und Nase ab.

»Und die Angst, die er hat. Angst, dass man ihm nach dem Leben trachtet? Hat er Ihnen davon auch erzählt? Ist das real?«, fragte sie schluchzend.

Rieger schüttelte den Kopf. »Ja, er hat mir davon erzählt, und nein, Gräfin, die Angst ist Teil seiner Wahnvorstellungen.«

»Und dieser Prozess, diese Dementia, lässt sich nicht aufhalten oder heilen?«

»Aufhalten? Gegebenenfalls ja. Heilen? Ich fürchte nein. So leid es mir tut.«

Therese nickte und tupfte sich erneut die Tränen aus dem Gesicht. »Herr Professor, wie lässt sich die Krankheit aufhalten?«, fragte sie schluchzend.

»Der Kranke braucht Ruhe und eine reizarme Atmosphäre um sich herum. Weiterhin gibt es mittlerweile Erkenntnisse, dass gewisse Situationen oder Gegebenheiten sowohl die Krankheit auslösen, als auch immer wieder neue Schübe hervorrufen können. Diese gilt es zu identifizieren«, erwiderte Rieger. »Haben Sie hierzu einen Verdacht, Frau Gräfin? Eine Begebenheit oder ein Ereignis, welches zur Erkrankung Ihres Gatten führte?«

Therese dachte lange nach. Dann schüttelte sie langsam den Kopf. »So direkt, Herr Professor, ist mir nichts dergleichen bekannt. Er hat im Krieg, sowohl 1866 als auch 1870, Schreckliches sehen müssen. Das hat er mir erzählt. Verstümmelte Leiber, schreiende, verblutende Soldaten. Aber sonst ...«

Rieger nickte. »Gut! Dann werden wir weiterforschen müssen. Ein Kriegserlebnis kann durchaus traumatisierend sein. Sie, werte Gräfin, denken bitte diesbezüglich noch mal nach, was er Ihnen genau erzählt hat, und ich werde versuchen, gegebenenfalls mit Hypnotismus das auslösende Trauma besser eingrenzen zu können. Wenn Sie damit einverstanden sind, sehen wir uns in zwei Tagen um die gleiche Zeit.«

Er stand auf und lächelte Therese an. »Ach, und Frau Gräfin ... bitte ziehen Sie Ihrem Mann die Stiefel aus und geben ihm was zu essen.«

Therese erhob sich nun ebenfalls. »Wenn es denn so leicht wäre, Herr Professor. Er verweigert jegliche Nahrung. Schon seit Tagen«, erwiderte sie mit einem müden Lächeln. »Auf jeden Fall bedanke ich mich für Ihre Hilfe.«

Sie verließ den Raum und seufzte tief. »Otto? Franz? Kommt, wir gehen«, sagte sie zu den beiden Männern und brach auf.

Als sie zu dritt langsam trottend durch den Seiteneingang das Gebäude verließen, huschte an ihnen ein Mann mit schwarzem Anzug und Zylinder vorbei. Sie nahmen sich gegenseitig nur als Schatten wahr. Der Mann schien es sehr eilig zu haben. Dennoch blieb er nach der Begegnung im Eingangsbereich stehen und verfolgte Therese, Otto und Franz, bis sie um die Ecke abbogen, mit Blicken. Der Mann hob seine rechte Augenbraue und kratzte sich nachdenklich zwischen Kragen und Hals. Dann schüttelte er zweifelnd den Kopf und ging weiter zum Empfang.

»Doktor Hubrich, Kreisirrenanstalt Werneck«, sagte er zu Pfleger Wilhelm. »Ich habe einen Termin mit Professor Rieger.«

Etwa 30 Minuten später erreichten Therese, Franz und Otto das Haus in der Mergentheimer Straße. Mathilde war da. Sie stand in der Küche und bereitete das Abendessen zu. »Wenn Sie Herrn von Hiebler suchen, finden Sie ihn im Garten bei einem Schoppen Wein sitzen. Und Besuch hat er auch«, sagte sie, als Therese das Haus betrat.

»Besuch?«, fragte Therese.

»Ja, mein Mann ist da«, antwortete Mathilde. »Setzen Sie sich ruhig dazu, ich rufe Sie, wenn das Essen fertig ist.«

Therese nickte. »Vielen Dank.«

»Ich will eine rauchen. Wo sind die Zigaretten?«, fragte Otto Franz. Dieser entnahm seiner Jackentasche ein silbernes Etui und eine Schachtel Streichhölzer. »Na dann komm mit«, sagte er zu ihm. »Gehen wir in den Garten. Du rauchst, aber ich zünd an.«

Otto nickte und tapste sichtlich schmerzgeplagt in den Garten. Franz und Therese folgten ihm. »Wir müssen ihm unbedingt die Stiefel ausziehen«, flüsterte Franz.

Hiebler saß mit Deschel an dem Tisch in der hinteren Ecke des Gartens. Jeder hatte ein Glas Wein vor sich stehen. Die beiden schienen sich angeregt miteinander zu unterhalten. Deschels Pickelhaube mit dem goldenen bayerischen Königswappen stand auf dem Gartentisch. Den Säbel, der eigentlich Teil seiner Uniform war, hatte er, wie so oft, erst gar nicht dabei.

»Sie müssen der Graf und die Gräfin von Espen sein«, sagte Deschel zu Franz und Therese als er sie kommen sah. Er lächelte freundlich. »Willkommen in Würzburg!« Auf Otto warf er einen kurzen Blick. »Sie sind der Diener der Hochwohlgeborenen?«, fragte er ihn.

Otto positionierte sich unmittelbar vor Deschel und sah abschätzig auf dessen Gendarmenuniform. »Für Sie immer noch Majestät und nicht Hochwohlgeborener, Sie Trottel!«, sprach er klar und deutlich.

Therese war kurz davor zu lachen. Sie hielt sich die Hand vor den Mund und zog Otto etwas zu Seite. »Entschuldigen Sie bitte meinen Mann«, sagte sie zu dem verwirrtem Deschel. »Er ist der Graf, ich die Gräfin und das«, sie zeigte auf Franz, »das ist Franz, unser treuer Helfer und Pfleger.«

»Ach so«, erwiderte Deschel unsicher. »Georg, das

hättest du mir ja auch vorher sagen können, wer von den beiden Männern wer ist«, sagte er verärgert zu Hiebler.

Otto schob sich an Deschel vorbei, setzte sich auf dessen Stuhl, trank dessen Wein und sagte schließlich: »Franz, wo sind meine Zigaretten. Majestät will rauchen!«

Deschel blickte verwirrt zunächst auf Otto und dann auf Hiebler, der sich mit dem Finger an die Stirn tippte und dabei die Augen verdrehte. Deschel nickte. Er verstand die Geste. »Bitte untertänigst um Vergebung, Sie nicht mit dem richtigen Adelstitel angesprochen zu haben. Natürlich sind Sie der König und nicht ein Graf. Es ist mir eine große Ehre, Majestät in Würzburg begrüßen zu dürfen«, sagte er, machte eine tiefe Verbeugung und grinste dabei schelmisch.

Jetzt sah Therese entrüstet zunächst auf Deschel und dann auf Hiebler. »Georg, haben Sie etwa …?« »Nein, natürlich nicht«, beschwichtigte er rasch. »Friedhelm, möchtest du bitte deine Gattin fragen, wann das Abendessen fertig ist? Der Graf und die Gräfin haben Hunger«, wandte er sich dann an Deschel.

Franz zündete währenddessen eine Zigarette an, legte das Etui auf den Tisch und reichte Otto die brennende Zigarette, der sie sich gierig in den Mundwinkel steckte.

»Vielleicht kann uns der Herr Wachtmeister vorher helfen?«, sagte jetzt Franz.

»Ich bin zwar Hauptwachtmeister und Chef der Würzburger Gendarmerie, stehe aber gerne zur Verfügung«, erwiderte Deschel genervt.

»Wir sollten ihm die Stiefel ausziehen«, fuhr Franz an Therese gewandt fort. »Hiebler und der Gendarm sollen ihn an der Schulter festhalten und ich ziehe unten an. Sonst schaffen wir das nie.«

Therese nickte.

»Otto, wir würden dir jetzt helfen, deine Stiefel auszuziehen«, sagte sie.

Otto ignorierte Therese, rauchte genüsslich und wandte sich erneut an Deschel. »Sind Sie Bayer?«, fragte er.

»Franke, Mainfranke, um genau zu sein«, antwortete dieser.

»Dann sind Sie ja Bayer!«

»Wie man's nimmt.«

»Sind Sie still! Sie sind Bayer«, erwiderte Otto brüsk. »Und das ist gut so. Sind Sie froh, dass Sie kein Preuße sind. Ich hasse Preußen. Ich hasse ihre Sprache, ihr Essen, ihren Charakter, ihr affektiertes Gehabe. Ich hasse alles Preußische.«

Deschel schob seine Unterlippe vor und nickte. »Wenn Sie meinen.«

»Wir essen gleich fränkisch, Otto«, sagte Therese. »Aber vorher solltest du deine Stiefel ausziehen. Du kannst ja gar nicht mehr laufen vor lauter Schmerzen.«

Otto ignorierte sie. »Wir hätten niemals der Reichsgründung zustimmen dürfen. Niemals! Das war ein großer Fehler von Ludwig«, fuhr er erneut, an Deschel gewandt, fort. »Die Preußen haben uns geschluckt wie ein großer Fisch den kleineren.«

»Mir reicht es jetzt!«, sagte schließlich Franz. »Genug

geschwätzt! Herr von Hiebler, Herr Gendarm, wenn Sie bitte mithelfen würden?«

Hiebler und Deschel nickten. Sie stellten sich hinter den sitzenden Otto und hielten ihn an der Schulter.

»Was soll das? Was machen Sie?«, fragte er entrüstet. Die Zigarette fiel ihm aus dem Mundwinkel.

»Keine Sorge, Majestät, wir sind beide Bayern«, antwortete Deschel grinsend.

»So, jetzt bitte festhalten. Und du, Otto, beißt die Zähne zusammen«, sagte nun Franz, stellte sich mit dem Rücken zu Otto, nahm dessen rechten Fuß zwischen die eigenen Beine und zog heftig an dem Stiefel.

»Für dich immer noch Majestät«, giftete Otto, bevor er laut zu schreien anfing. »Aua! Aufhören! Spinnst du! Auaaaah!«

Franz setzte sein gesamtes Gewicht ein. Er stöhnte und schwitzte, bevor sich endlich mit einem Ruck der Stiefel von Ottos Fuß löste.

Rasch nahm er den linken Fuß. »Noch mal festhalten!«, rief er Hiebler und Deschel zu, die zunehmend Probleme hatten, den tobenden Otto im Stuhl zu halten. Therese versuchte währenddessen, ihn durch sanftes Zureden zu bändigen.

»Hör auf, du Schuft, du Kanaille!«, schrie Otto erneut, gefolgt von einem lauten »Auaaahh!«, bis sich der zweite Stiefel ebenfalls löste.

Es erfolgte ein kollektives Aufatmen, dann wehte ein erbärmlicher Gestank in ihre Nasen, dessen Ursprung Ottos blau angelaufene, blutig verschmierten Füße waren. Er hatte nicht mal Strümpfe in den Stiefeln getragen.

»Au, au, au«, wimmerte er. »Was habt ihr gemacht? Der Glabaratsch hat mir befohlen, die Stiefel anzulassen. Was habt ihr gemacht?«

»Otto, jetzt ist es gut«, sagte schließlich Therese. »Sei froh, dass wir dir die Stiefel ausgezogen haben. So wie deine Füße aussehen und riechen, wäre es eine Frage von wenigen Stunden gewesen, bis du eine Blutvergiftung bekommen hättest. Jetzt komm mit, wir helfen dir ins Haus. Ich wasch und verbinde dir die Füße. Dann gibt es etwas zu essen.«

Wütend blickte Otto auf Therese. »Du hast ja keine Ahnung, du dumme Ziege. Nichts weißt du – gar nichts.« Dann wandte er sich ab von ihr, griff sich das Etui auf dem Tisch, öffnete es, nahm sich eine Zigarette und stopfte sie sich in den Mund.

»Otto, hör auf!«, rief Therese entsetzt. »Nicht die Zigarette essen!«

»Keine Ahnung hast du«, entgegnete er ihr, Tabakkrümel speiend. »Tabak – Dabak, sagt er, der Glabaratsch. Der Teufel steigt aus der Hölle hoch, und die Stiefel sind weg! Bald sind wir alle tot – mausetot!«

»Komm, wir gehen jetzt ins Haus«, sagte Franz und zerrte den wimmernden Otto hoch. »Herr von Hiebler, wenn Sie mir helfen würden?«

Hiebler nickte.

Deschel sah fassungslos zunächst auf Otto und dann auf Hiebler. »Herrgott, Allmächtiger«, sagte er und schüttelte den Kopf. »Georg, Georg, ich wusste es: Wenn du nach Würzburg kommst, bringst du nur Ärger mit. Es ist immer das Gleiche mit dir.«

Kapitel sechs

DIE NACHT UND den gesamten folgenden Tag verbrachte Otto schlafend im Bett. Er schien all das an Schlaf aufzuholen, was er zuvor versäumt hatte. Gegessen hatte er allerdings immer noch nichts. Therese süßte seine Getränke mit viel Honig und gab ihm Milch zu trinken, in der Hoffnung, Otto so wenigstens vom Verhungern abhalten zu können. Sie machte sich nun ernsthaft Sorgen um seine Gesundheit. Die Füße waren wund und entzündet, und er schien nur mehr wenig körperliche Reserven zu haben. Sollte er weiter nichts essen, würde sie Professor Rieger am nächsten Tag um ärztliche Maßnahmen zur Behebung seiner Nahrungsverweigerung bitten müssen. Etwas Trost bereitete ihr einzig die Tatsache, dass die Stimmen in Ottos Kopf verstummt waren. So verbrachte Therese den Tag mit der Überarbeitung ihrer Notizen zu ihrer letzten großen Brasilienreise. Hiebler saß im Garten und las sein Buch zu Ende. Franz reinigte Ottos Stiefel und ging später in die Stadt, um sich ein Bild von Würzburg zu machen. Bei dieser Gelegenheit wollte er auch bequeme Sandalen für Ottos geschundene Füße kaufen.

Am Tag darauf ging es Otto deutlich besser. Er konnte aufstehen und sich mit den neu gekauften Sandalen auch weitestgehend schmerzfrei bewegen. Nahrung verweigerte er immer noch, dafür trank er wenigstens seinen süßen Tee und rauchte wie ein Schlot.

Das Wetter war mittlerweile etwas herbstlicher geworden. Es war zwar weiterhin trocken, aber die Temperaturen deutlich niedriger. Nachdem Otto nachmittags einen Termin bei Professor Rieger hatte, beschloss die Gruppe beim Frühstücken, am späten Vormittag gemeinsam – soweit es Ottos Gehbeschwerden zuließen – zum *Käppele* hochzugehen. Vor dem Termin in der Rotkreuzstraße wollten sie sich den Stationsweg und die Rokokokirche ansehen und die Gelegenheit zum Beten nutzen.

Langsam trotteten sie los. Hiebler ging mit Therese voraus. Franz stützte Otto. Das Gehen schien ihm Schmerzen zu bereiten. Er stöhnte bei jedem zweiten Schritt, ließ sich jedoch bereitwillig von Franz führen. Therese drehte sich oft um zu ihm und lächelte ihn an. »Ich bin so froh, dass es dir wieder besser geht«, sagte sie. »Die Bewegung an der frischen Luft wird dir gut tun. Wir gehen jetzt beten, dann essen wir was, und schließlich geht es zu Professor Rieger. Ja, Otto?«

Otto rang sich ein gequältes Lächeln ab. »Ist gut Thereschen. So machen wir es.«

Sie liefen die Mergentheimer Straße stadteinwärts, bis sie zur Nikolausstraße kamen. Hier bogen sie links ab. Dann führte sie ein stufiger und steiniger Pfad einige

Meter hoch, bis sie am Stationsweg ankamen. Über die ersten Stufen des Wegs ging es zu einer Terrasse, an deren Ende vier Statuen in einem weiß-ockerfarbenen Pavillon standen. Unter den Skulpturen waren in Stein gehauen die Namen der Figuren, die sie darstellen sollten: Moses, David, Jesaias und Jeremias. Links und rechts wurden in zwei kleineren Pavillons die ersten beiden Stationen des Leidenswegs Christi dargestellt: die Verurteilung von Jesus und der Beginn des langen, schmerzhaften Wegs bis zur Kreuzigung. Sie waren alle vier tief beeindruckt von der lebendigen Darstellung der Figuren und der Gestaltung der barocken Pavillons, die sich sowohl farblich als auch gestalterisch herrlich in die bewaldete Anhöhe integrierten.

Otto ging näher zu der Moses-Statue. Ehrfürchtig las er den Text auf der Schriftrolle, die Moses in der rechten Hand hielt. »Es soll ihm kein Bein gebrochen werden«, murmelte er vor sich hin.

»Was meinst du?«, fragte Therese nach und stellte sich zu ihm.

»Das steht da«, fuhr er fort. »Es soll ihm kein Bein gebrochen werden.«

Nachdenklich schüttelte Otto den Kopf und ging zur nächsten Skulptur, die Darstellung des David: ein bärtiger Mann mit einer Krone auf dem Kopf, der eine Harfe spielte. Das Instrument stand auf einem Sockel mit einer Inschrift.

»Sieh, was hier eingraviert ist, Thereschen! ›Sie haben meine Hände und Füße durchbohrt‹«, las Otto. Er begann nun heftig ein- und auszuatmen. Dann fuhr er sich mit der Hand übers Gesicht und wischte sich Tränen ab. »Warum? Warum die Beine brechen und die Hände durchbohren? Das ist schrecklich, Thereschen, das ist schrecklich! Warum tut man das?«

»Otto, das sind Bibelzitate«, versuchte ihn Therese zu beruhigen. »Komm, lass uns weitergehen«, sagte sie, nahm ihn bei der Hand und führte ihn hoch zur nächsten Terrasse des Stationswegs. Auch hier standen drei Pavillons. Eine Abbildung zeigte Jesus, wie er das Kreuz trägt, eine weiterer zeigte ihn, wie er seiner Mutter begegnet. Die dritte zeigte einen Mann, der Jesus das Kreuz abnimmt, um mit ihm die Last zu teilen.

»Das ist gut«, sagte Otto und war sichtlich erleichtert. »Maria tröstet Christus, und fremde Männer helfen ihm beim Tragen.«

Therese lächelte. »Otto, nimm dir das nicht zu sehr zu Herzen«, sagte sie.

»Aber das ist die Geschichte von Jesus' Kreuzigung, Thereschen«, erwiderte Otto trotzig wie ein Kind. »Christus, unser Heiland, der für uns gestorben ist. Für uns, Thereschen, die wir doch alle schlimme Sünder sind.« Erneut atmete er heftig und begrub sein Gesicht in den Händen. Er wand sich und stöhnte, als ob er schreckliche Schmerzen hätte.

Skeptisch sah Franz zu Otto. »Ich weiß nicht, ob das eine gute Idee war, hier hochzugehen«, flüsterte er Hiebler zu. Dieser nickte.

»Ich denke, wir sollten besser umkehren«, rief Franz jetzt Otto und Therese zu.

»Nein! Auf keinen Fall«, schrie Otto. »Wir müssen weitergehen und unserem Heiland auf dem Leidensweg folgen.«

Bevor ihn Therese bei der Hand nehmen konnte, eilte er stolpernd, so schnell er mit seinen wunden Füßen laufen konnte, die Treppen zur nächsten Terrasse hoch.

Noch ehe Therese, Franz und Hiebler hinterherkamen, hörten sie Ottos Stimme: »Mörder!«, schrie er, »Soldatenmörder! Sie töten unseren Jesus. Der Teufel wird uns alle kriegen. Mööörder!«

Jetzt beschleunigten sie ihr Tempo. Kaum, dass sie die dritte Terrasse erreicht hatten, lief Otto weiter und eilte »Mörder« schreiend die Stufen zur nächsten Etappe des Kreuzwegs hoch.

Rasch liefen sie Otto hinterher. Links kamen sie an einem Pavillon vorbei, in dem ein Legionär abgebildet war, der Jesus mit einem Speer bedrohte. Die Abbildung musste ihn aufgeregt haben.

Auf Höhe der nächsten Terrasse sahen sie Otto keuchend und schwitzend vor dem neunten Pavillon stehen. Zunächst dachten sie, dass er sich beruhigt hatte. Regungslos und sich an der gusseisernen Umzäunung des Pavillons festhaltend beobachtete er die in Stein gehauene Szenerie. Therese ging langsam einige Schritte auf ihn zu. »Otto? Alles gut mit dir?«, fragte sie zaghaft.

Otto reagierte nicht auf sie. Plötzlich warf er sich auf den Boden, wälzte sich im Herbstlaub, als ob er einen Krampfanfall hätte, und schrie, so laut er konnte. »Wir sind alle Mörder! Tod … Tod … Tod! Teufel sind wir! Mööörrdeeerr!«

Therese beugte sich nieder zu ihm und versuchte, ihn zu beruhigen. Er trat nach ihr. »Soldatenmörder!«, schrie er weiter.

»Helft mir doch bitte«, rief jetzt verzweifelt Therese und sah zurück auf Franz und Hiebler. Diese eilten hinzu. Franz neigte sich über Otto und erhielt einen Faustschlag ins Gesicht. Hiebler betrachtete kurz die Szene im Pavillon. Er sah die Abbildung von Jesus, der schmerzerfüllt unter seinem Kreuz lag, einen teilnahmslos blickenden Legionär, eine weitere Person, die das Kreuz aufrecht hielt, sowie zwei Legionäre, die mit Speeren auf den am Boden liegenden Jesus einstachen. Dann versuchte er gemeinsam mit Franz und Therese, Otto zu bändigen.

»Ich bin der Teufel!«, schrie dieser weiter. »Mörder! Mörder!« Wie ein wildes Tier kämpfte er und schlug um sich. Franz und Hiebler gelang es schließlich, Otto wenigstens an den Beinen festzuhalten. Jetzt schlug er mit der Stirn immer wieder gegen die Wand des Pavillons. Rasch bildete sich eine Platzwunde, die heftig blutete. »Halten Sie ihn am Kopf, Hiebler, ich versuche, seine Beine festzuhalten!«, rief Franz. Hiebler versuchte mit aller Kraft, ihn an den Schultern von der Wand zurückzuziehen. Otto sah kurz auf Hiebler, spuckte ihn an und stieß mit seinem Kopf jetzt statt gegen die Wand gegen Hieblers Stirn. Der Schlag saß, Hiebler taumelte zurück und ließ Otto los. Jetzt war wieder die Wand sein Ziel. »Bin der Teufel, bin der Teufel!« Ströme von Blut liefen ihm über das Gesicht. Mittlerweile kamen Passanten hinzu, welche mit offenem Mund teils verängstigt, teils schockiert das Ereignis beobachteten. »So helfen Sie uns doch!«, rief jetzt Therese. Hiebler konnte sich wieder sammeln und versuchte, sich auf Ottos Oberkörper zu setzen, um ihm so besser bändigen zu können. Es folgten weitere Kopfstöße und Beißattacken gegen ihn. »Das gibt es doch nicht«, rief Franz und hielt Otto an den Füßen weiter fest. »Ihm muss doch langsam mal die Kraft ausgehen.«

Schließlich kamen drei fremde Männer hinzu. Dankbar registrierte Franz die Hilfe. »Helfen Sie mir mit den Beinen!«, wies er einen der Männer an. »Die anderen beiden halten Oberkörper und Kopf fest!«

Zu sechst schafften sie es endlich, Otto wenigstens daran zu hindern, sich selbst zu verletzen. Er schrie jedoch weiter, was seine Stimme hergab: »Mörder! Mörder! Mörder sind wir alle!«

»Wir brauchen ein Seil zum Fesseln!«, rief einer der Männer.

»Und am besten einen Knebel dazu«, ergänzte der zweite Mann.

»Ich kümmere mich um den Strick!«, erwiderte ein anderer Passant. Mittlerweile hatte sich eine kleine Menschentraube gebildet. Otto keuchte und sammelte seine Kräfte. »Teufel seid ihr, alle miteinander«, zischte er. Immer wieder versuchte er, sich freizukämpfen. Die Übermacht, die auf ihm lastete, war jedoch zu groß. Langsam schien ihm die Kraft auszugehen. Dennoch war seinen Bändigern klar, dass eine Lockerung der Fixierung keine gute Idee wäre. Sie saßen und knieten auf dem dürren, klapprigen Mann, während dieser weiter giftete.

»Lasst ihn doch los!«, rief eine ältere Frau, die sich nach vorne gedrängt hatte, um das Geschehen aus nächster Nähe zu erleben. »Soll er sich doch den Kopf einschlagen, bis er tot ist. Um so einen ist es eh nicht schade!« »Genau! Weg mit dem Abschaum!«, pflichtete ihr ein Mann in ihrem Alter bei. Therese überlegte sich kurz, den beiden ihre Meinung zu sagen, beschloss dann jedoch, dass es besser sei, sich um Otto zu kümmern und diesen an weiteren Selbstverletzungen zu hindern. Mühsam hielt sie seinen Kopf.

Über die Nikolausstraße eilten nun immer mehr neugierige Menschen herbei.

Endlich kam der Mann zurück, der versprochen hatte, einen Strick zu besorgen. In seiner Begleitung waren zwei Gendarmen. Einer der beiden, ein etwa 50 Jahre alter Mann mit Bauchansatz, holte eine Trillerpfeife aus der Tasche und pfiff laut. Alle Passanten drehten sich hin zu ihm. »Platz da! Machen Sie den Weg frei!«, rief er und bahnte sich mit seinem Kollegen und dem Mann mit dem Strick den Weg durch die Ansammlung.

Otto schien nun tatsächlich am Ende seiner Kräfte zu sein. Er keuchte nur noch heiser. Einer der Gendarmen, der jüngere, hielt die gaffenden Maulaffen auf Abstand. Der ältere, dickliche Gendarm nahm sich den Strick und ging näher zu Otto. »Allmächtiger!«, sagte er, als er dessen blutüberströmtes Gesicht genauer betrachtete. »Was ist denn hier passiert? Wer ist der Täter?«

Therese reagierte am schnellsten. »Das ist der Graf von Espen«, antwortete sie. »Er hatte einen Anfall und sich dabei selbst verletzt. Mein Mann braucht dringend ärztliche Hilfe.«

Der Gendarm gaffte nun genauso wie die anderen Passanten. »Und wenn Sie ihn loslassen?«, fragte er.

»Dann besteht die Gefahr, dass er sich weiter verletzt«, antwortete Franz. »Er ist krank, und ich bin sein Pfleger. Verstehen Sie das nicht? Wir müssen ihn zu seinem eigenen Schutz zumindest die Hände zusammenbinden und dann in eine Krankenanstalt bringen.«

Der Gendarm nickte. »Dann machen Sie das. Ich möchte, dass der Menschenauflauf hier sich auflöst.«

Mit der Hilfe der anderen Männer wurde Otto von Hiebler und Franz auf den Bauch gedreht. Er stöhnte und schimpfte unaufhörlich weiter. Seine Gegenwehr war jedoch merklich schwächer als noch einige Minuten zuvor. Gemeinsam hielten sie ihn fest. Der Mann mit dem Strick fesselte ihm die Hände auf dem Rücken. Dann zogen sie ihn hoch. Kaum stand er, nahm Otto Anlauf, um wieder mit dem Kopf gegen die Wand zu rennen. Hiebler konnte ihn jedoch festhalten. Zusammen mit Franz zog er ihn weg. »Wenn Sie uns bitte helfen, hier durchzukommen?«, fragte Hiebler den Gendarmen und zeigte mit dem Kinn auf die Reihe der vor ihm stehenden Passanten. Dieser nickte und bahnte ihnen gemeinsam mit seinem Kollegen den Weg durch die Menge.

Otto war nun völlig entkräftet. Er konnte kaum mehr stehen und musste von Hiebler und Franz fast getragen werden. Das Blut rann ihm weiter übers Gesicht. Mühsam schleppten sie ihn den Weg hinunter bis zur

Nikolausstraße. Dort setzten sie ihn auf eine Bank und lösten seine Fesseln. Jetzt war Hiebler ebenfalls sichtlich erschöpft. Therese kämpfte mit den Tränen. »Wenn Sie uns bitte helfen würden, eine Kutsche zu rufen? Mein Mann braucht Hilfe«, sagte sie zu den Gendarmen. Beide nickten. »Geh du und ruf eine Droschke«, erwiderte der ältere der beiden. »Ich nehme derweil die Personalien auf.«

Otto war kurz davor, ohnmächtig zu werden. Er lallte nur noch etwas wie »Mörder, Teufel, Ludwig« vor sich hin.

Fünf Minuten später kam eine Kalesche. Der Kutscher weigerte sich zunächst, den blutüberströmten Otto einsteigen zu lassen. Erst als Hiebler ihm einen größeren Geldschein in die Hand drückte, stimmte er zu. Dann fuhren sie los. 15 Minuten später erreichten sie die Irrenanstalt in der Rotkreuzstraße.

Kapitel sieben

DIESES MAL GINGEN sie durch den Haupteingang des Gebäudes. Otto sah schrecklich aus. Verkrustetes Blut verteilte sich im Gesicht und in den Haaren. Seine Kleidung war besudelt mit einer Mischung aus Erde, Blut und Straßendreck. Beim Gehen musste er gestützt werden. Nur ganz langsam konnte er einen vorsichtigen Schritt nach dem anderen setzen.

Nachdem sie das Gebäude betreten hatten, kam ihnen ein Pförtner entgegen. Es war ein kleiner bartloser Mann um die 60 Jahre mit Glatze. »Moment!«, dröhnte er. »Dies ist eine Anstalt für psychisch Kranke und keine Notaufnahme.«

»Das wissen wir!«, antwortete Hiebler genervt. »Es handelt sich hier um den Grafen von Espen. Er ist ein Patient von Herrn Professor Rieger.«

»Ein Chefpatient?«, fragte der Pförtner nach und blickte missbilligend auf Otto. »So sieht er aber nicht aus. Er schaut mir eher aus wie das übrig gebliebene Opfer einer Weinfestschlägerei.«

»Was erlauben Sie sich!«, ging Therese dazwischen. »Wie reden Sie über meinen Mann?«

Der Pförtner musterte nun Therese. Er blickte auf

ihre Perlenohrstecker, Kette und Kleidung. »Warten Sie hier einen Moment«, sagte er schließlich. »Ich werde mich erkundigen.«

Nachdem der Pförtner weg war, suchten Hiebler und Franz eine Sitzgelegenheit für Otto. Er sackte immer wieder in sich zusammen und drohte, das Bewusstsein zu verlieren. Schließlich fanden sie im Foyer der Klinik eine Bank. Sie zerrten Otto dorthin und brachte ihn in eine liegende Haltung. Therese nahm am Rand der Bank Platz und bettete seinen Kopf auf ihren Schoß.

Wenige Minuten später kam der Pförtner wieder. In seiner Begleitung waren Professor Rieger und Wilhelm, der schmächtige Pfleger.

Rieger warf einen kurzen Blick auf Otto, dann drehte er sich zu Therese. »Um Gottes willen, was ist passiert?«, fragte er.

»Wir gingen den Stationsweg hoch zum *Käppele*. Da hat mein Mann einen schlimmen Anfall gehabt. Er war nicht zu beruhigen, wollte sich dauernd verletzen und hat immer wieder geschrien«, antwortete Therese. Sie schien mittlerweile ebenfalls mit den Nerven am Ende zu sein.

Rieger nickte kurz, dann wandte er sich an den Pfleger. »Wilhelm, geben Sie bitte gleich auf der Station Bescheid. Wir brauchen ein Einzelzimmer für den Grafen. Die Schwestern sollen zudem etwas zur Wundsäuberung und zum Verbinden vorbereiten.«

»Sehr wohl, Herr Professor«, antwortete der Pfleger. Er eilte die Treppe hoch, dann kramte er einen Schlüssel aus der Tasche und sperrte eine Tür mit Milchglasscheiben auf, hinter der er verschwand.

Während sie warteten, blickte Rieger langsam von den blutigen, in Sandalen steckenden Füßen hoch bis zur malträtierten Stirn Ottos. Er schien komplett in einer anderen Welt zu sein und reagierte weder auf Ansprache noch auf Berührung. Stattdessen starrte er an die Decke, keuchte und brabbelte unverständliche Laute.

»Frau Gräfin, Sie können sich erinnern, dass ich Sie vorgestern nach einem Trauma gefragt habe, welches Ihr Gatte erlitten haben könnte?«, fragte Rieger.

Therese nickte und streichelte Otto sanft die Stirn.

»Sie sagten, dass der deutsch-deutsche Brüderkrieg und der deutsch-französische Krieg den Grafen traumatisiert hätten, stimmt das?«

»Ja, Otto muss in der Schlacht schlimme Dinge gesehen haben«, antwortete Therese. »Das hat er mir immer wieder erzählt. Soldaten, die mit Bajonetten und Säbeln aufeinander einstachen.«

»Dann haben wir es. Die Gewaltdarstellung der Kreuzwegstationen.«

»Sie meinen die Statuen in den Pavillons?«

»Sehr wahrscheinlich.«

Therese schüttelte den Kopf und blickte auf Hiebler. »Aber das sind doch nur Bilder des Kreuzwegs. Jedes kleine Kind kennt die Geschichte der Kreuzigung unseres Heilands.«

»Überall, in jeder Kirche, in jedem Haus, sogar hier im Foyer des Krankenhauses hängt ein Kruzifix mit einem ans Kreuz genageltem Jesus«, ergänzte Hiebler.

»Dennoch ist das bei rein objektiver Betrachtung eine blutige Geschichte, die Assoziationen mit Kriegserlebnissen wecken kann«, sagte Rieger zu Hiebler. Dann wandte er sich wieder an Therese. »Beim letzten Mal erwähnten Sie ebenfalls, dass er sämtliche Nahrung verweigern würde. Hat sich das denn gebessert?«

»Im Gegenteil, Herr Professor. Allein aus diesem Grund wollte ich Sie heute kontaktieren. Ich habe Angst, dass mir Otto verhungert.«

»Nun, so schnell verhungert man nicht, Frau Gräfin. Der Mensch kann bis zu 40 Tage ohne Nahrung auskommen«, erwiderte Rieger schmunzelnd. »Es gibt mittlerweile sogar sogenannte Hungerkünstler mit Auftritten in den großen Städten im Ausland, wie New York, Wien oder Mailand. Diese hungern dann öffentlich unter der Beobachtung von Medizinern, Journalisten und anderen zahlenden Gästen. Damit lässt sich gutes Geld verdienen. Sie haben sicher schon darüber in der Zeitung gelesen. Nein, Frau Gräfin, der Mensch ist stabiler, als man denkt. Ich frage Sie aus einem anderen Grund. Man weiß mittlerweile, dass lang andauerndes Fasten zu Halluzinationen, Wahnvorstellungen und einer Mischung aus Lethargie oder Erregtheit führen kann. Hungernde Personen werden affektinkontinent – so nennen wir das – was möglicherweise auch das Auftreten eines Wahns unterstützt.«

Therese hörte Rieger aufmerksam zu. »Aber wenn er in so einem schlechten Gesundheitszustand ist, kann man doch nicht warten, bis er irgendwann mal wieder etwas isst?«

»Genauso ist es. Wir dürfen und können nicht warten«, antwortete Rieger.

In diesem Moment öffnete sich wieder die Glastür. Wilhelm trat herein. Er stellte sich neben Rieger. »Das Zimmer wäre jetzt vorbereitet«, flüsterte er ihm zu.

Rieger warf einen kurzen Blick auf ihn und nickte. Dann sprach er weiter mit Therese. »Wir werden Ihrem Mann jetzt Ruhe gönnen und ihn in einen abgeschiedenen, verdunkelten Raum legen. Sollte er bis heute Abend weiter nicht essen wollen, werden wir ihn dazu zwingen müssen.«

»Das wird nicht funktionieren«, ging Franz dazwischen. »Wenn er nicht will, kriegen Sie selbst mit Gewalt nichts in ihn hinein.«

Wilhelm blickte spöttisch auf Franz. »Wir haben da so unsere Methoden. Keine Sorge!«, sagte er.

»Was bedeutet das?«, fragte Therese ängstlich Professor Rieger.

»Der Kranke wird auf einer Liege festgebunden. Nachdem man ihm die Nase zuhält, wird ein Schlauch über den Mund in den Magen vorgeschoben und anschließend wird über einen Trichter lauwarmer Haferbrei eingefüllt.«

»Mein Gott, das ist ja furchtbar, wie bei der Gänsemast«, sagte Therese und strich Otto, der immer noch regungslos an die Decke starrte, blutverklebte Haarsträhnen aus der Stirn.

»Das ist nur die Ultima Ratio. Hoffen wir, dass es nicht so weit kommen wird und er nach etwas Ruhe selbst essen wird«, meinte Rieger. »Wilhelm und ich werden Ihren Gatten jetzt mitnehmen und versorgen. Wie bereits erwähnt, braucht er absolute Ruhe. Ich würde Sie daher bitten, Ihren Mann unserer Obhut zu überlassen. Morgen Mittag dürfen Sie ihn wieder besuchen.«

»Wie? Ich soll ihn alleine lassen? In diesem Zustand?«, fragte Therese erschüttert nach.

»Vertrauen Sie mir, es ist das Beste für ihn«, antwortete Rieger. Er nahm Otto am Arm und zog ihn langsam hoch. Wilhelm eilte hinzu und half dem Professor. Otto selbst leistete keinerlei Widerstand. Wie ein Schaf, welches zur Schlachtbank geführt wird, ließ er sich von Rieger und Pfleger Wilhelm durch die gläserne Tür bugsieren.

Rieger drehte sich noch mal um. »Kommen Sie morgen vorbei, Frau Gräfin. Sie werden sehen, dass es Ihrem Gatten bis dahin wesentlich besser gehen wird.«

Dann fiel die Tür ins Schloss.

Therese versuchte, durch das Milchglas der Tür Otto weiter mit Blicken zu verfolgen und begann zu schluchzen.

»Und nun?«, fragte Hiebler zögerlich. »Sollten wir jetzt nicht besser wieder zurückgehen?«

»Gehen Sie mit Franz zum Haus«, antwortete Therese. Sie atmete tief ein und aus, um sich zu beruhigen. »Ich brauche etwas Ruhe und möchte alleine sein. Nicht weit weg von hier ist der Botanische Garten. Dort soll es viele exotische Pflanzen aus Lateinamerika und Fernost geben. Seltene Exemplare, die Franz von Siebold, der berühmte Naturforscher, von seinen Reisen mit nach Würzburg brachte. Vielleicht finde ich dort etwas Zerstreuung.«

Hiebler und Franz nickten und machten sich auf den Weg.

»Hungerkünstler, was für ein Blödsinn«, murmelte Franz vor sich hin.

»Verrückt, oder? Anderswo verhungern Menschen, weil sie zu arm sind, sich etwas zu essen zu kaufen, und dann gibt es welche, die mit Hungern ihr Geld verdienen«, pflichtete ihm Hiebler bei und schüttelte den Kopf. »Und dann diese andere Geschichte: mit Schlauch und Trichter jemanden zwangsernähren, als ob man eine Gans stopft. Ekelhaft!«

Als die beiden bei dem alten Zollhaus ankamen, wurden sie bereits von Deschel erwartet. Er stellte sich ihnen in den Weg und warf auf Hiebler einen verächtlichen Blick. »Georg, ich bin zutiefst enttäuscht von dir«, begann er. »So was hätte ich nie von dir gedacht. Nicht nach all dem, was wir beide zusammen erlebt haben.«

Hiebler lächelte unsicher. »Was meinst du, Friedhelm? Der Anfall des Grafen beim *Käppele*? Hast du es also schon mitbekommen? Ich habe dir doch gesagt, dass er wirr im Kopf ist.«

»Hör mir auf mit deinem Grafen!«, schrie er zornig. »Erzähl deine Märchen jemand anderem, aber nicht mir.«

»Friedhelm, was meinst du denn? Wir waren beim *Käppele*, der Graf hatte einen Anfall, und jetzt ist er in der psychiatrischen Klinik.«

»Du lügst mich immer noch an. Machst es nur noch schlimmer.«

»Nein, das ist nicht gelogen. Ich schwöre dir: Der Graf hatte einen Anfall und ist jetzt in der Klinik.«

»Nur, dass dein Graf nicht irgendein Graf von irgendwas ist, sondern König Otto I. von Bayern! Herrgottsmist, Georg, warum hast du mir das nicht gesagt? Ist dir bewusst, in welche Gefahr du den König bringst und wie sich diese Situation auf mich und die ganze Stadt Würzburg auswirkt?«

Franz und Hiebler fielen die Kinnlade runter.

»Wie …? Du weißt …? Woher …«, stammelte Hiebler.

Deschel blickte lang auf ihn, dann sagte er in ruhigerem Ton: »Komm rein ins Haus, es gibt noch jemanden, der mit dir reden möchte.«

Hiebler sah auf Franz. »Haben Sie etwa …?«, fragte er.

»Um Gottes willen, nein«, erwiderte Franz. »Was denken Sie von mir? Ich habe niemandem auch nur ein Sterbenswörtchen mitgeteilt.«

»Jetzt kommt einfach rein, dann wisst ihr mehr«, sagte schließlich Deschel genervt.

Als sie in den Flur gingen und einen Blick in die Wohnstube warfen, sahen sie einen Mann in Uniform am Tisch sitzen. Hiebler dachte zunächst, dass er wie Deschel ein Gendarm war. Kaum hatte der Mann Franz und Hiebler bemerkt, stand er ruckartig auf, knallte die Hacken zusammen und machte eine leichte Verbeugung. Jetzt erkannte Hiebler, dass der Mann kein Gendarm war. Es trug die blau-karmesinrote Uniform der bayerischen

Infanterie. An seiner linken Seite baumelte ein Säbel. Rechts steckte in einem Halfter ein Armeerevolver. Der Mann hatte dunkelblonde Haare und einen langen, bis auf die Brust reichenden Bart. »Herr Hiebler – Pardon, Herr Ritter von Hiebler – es freut mich sehr, Sie wiederzusehen.«

Kapitel acht

»Major von Schlier?«, fragte Hiebler.

»So ist es: Major Ferdinand von Schlier, Offizier im Leibregiment des Prinzregenten.« Erneut knallte er die Hacken aneinander.

»Woher wissen Sie, dass wir hier sind?«, fragte Hiebler verwundert. »Hat Sie Minister von Feilitzsch geschickt?«

Von Schlier überlegte kurz, bevor er antwortete. »Lassen Sie uns doch setzen und einen Schluck Tee gemeinsam trinken«, sagte er und wies mit der Hand auf den runden Tisch im Erker der Wohnstube. »Herrn Deschels Frau hat uns einen hervorragenden Tee gekocht.«

Hiebler nickte zögerlich.

»Ich gehe in mein Zimmer. Rufen Sie mich, wenn Sie mich brauchen oder wenn das Essen fertig ist«, sagte Franz und ging die Stufen hoch.

Von Schlier griff sich – als ob er selbst schon längere Zeit in dem Haus wohnen würde – eine Tasse aus dem Wandschrank und schenkte Hiebler Tee ein. Dann setzten sie sich an den Tisch.

»Also, dass Sie hier, in diesem Haus, sind, hat mir der Kollege Deschel mitgeteilt, nachdem ich die Gendarmerie-Wache im Rathaus aufgesucht habe. Dass Sie mit der Königlichen Hoheit, Prinzessin Therese, und Seiner Majestät, König Otto, in Würzburg sind, weiß ich aus München«, sagte er lächelnd. Er nahm nun selbst einen Schluck aus seiner Tasse und spitzte genießerisch die Lippen. »Ihre Aktion hat doch einige Unruhe ausgelöst. Aber dass ein gekröntes Haupt und ein Mitglied der königlichen Familie einfach mal so durch die Gegend reisen können, haben Sie ja wohl selbst nicht geglaubt, oder?«

Hiebler musterte Schlier. Der Major war ihm schon während ihrer ersten Begegnung unsympathisch gewesen. Er erinnerte sich, wie Schlier ihn damals vor dem Minister mit seiner herablassenden, arroganten Art lächerlich gemacht hatte. Erst als er das Attentat auf den Prinzregenten verhindert hatte, wurde er von ihm ernst genommen.

»Erstens erfolgte die Reise nicht aus Spaß an der Freude, sondern weil eine medizinische Behandlung ansteht«, erwiderte Hiebler trocken. »Zweitens war Minister von Feilitzsch von Anfang an mit der Sache vertraut. Dass ich hier in Würzburg bin, ist eine ministeriale Dienstorder und keine Nacht-und-Nebel-Aktion, wie Sie es darstellen – aber das hat Ihnen der Minister sicherlich mitgeteilt. Umso mehr bin ich jetzt doch erstaunt, dass Sie vier Tage nach unserer Abreise plötzlich hier am Tisch sitzen. Warum sind Sie nicht gleich mitgekommen?«

Von Schlier lächelte schmallippig. Er überlegte kurz, seinen Diskurs mit Hiebler fortzusetzen, wandte sich dann jedoch an Deschel: »Was ist die Meinung der Würzburger Gendarmerie? Herr Deschel, was halten Sie denn von der Situation?«

Deschel starrte auf den Tisch, ohne zu antworten.

»Herr Hauptwachtmeister?«, fragte von Schlier nach.

»Ich bin noch beim Denken«, erwiderte Deschel, ohne hochzublicken.

Hiebler nahm einen Schluck aus seiner Tasse. Deschel rieb sich das Kinn.

»Also, am besten wäre es gewesen, wenn die königlichen Herrschaften dort geblieben wären, wo sie hingehören – nämlich in München«, begann er schließlich. »Aber so ist es nun mal nicht. Dann hätte ich mir eigentlich von dir, Georg, erwartet, dass du mir vertraust und mir nicht irgendeinen Bären von einem Grafenehepaar aufbindest.«

»Das tut mir leid«, sagte Hiebler kleinlaut. Er strich sich mit der Hand den Scheitel gerade und den Schnurrbart glatt.

»Ist schon recht«, erwiderte Deschel. »Was ich jetzt allerdings gar nicht brauchen kann, ist, dass die ganze Stadt verrücktspielt und ich Dutzende meiner Männer als Wachpersonal abkommandieren muss. Kurzum, die Herrschaften sollen schnellstmöglich und unerkannt, so wie sie gekommen sind, auch wieder abziehen, oder …«

»Friedhelm, das geht nicht. König Otto liegt im Krankenhaus«, unterbrach ihn Hiebler.

»Lass mich doch ausreden«, erwiderte Deschel genervt. »Oder …«, fuhr er fort, »die Sache bleibt unter uns und wir unternehmen nichts. Seine Majestät verweilt als Graf von Espen hinter verschlossenen Türen in ärztlicher Behandlung. Und wenn diese abgeschlossen ist, geht es ohne großes Tamtam zurück nach München. Kein Mensch, außer uns dreien, dem Pfleger dort oben im ersten Stock und natürlich Prinzessin Therese wird jemals von der Geschichte erfahren.«

»Herr Deschel, Sie vergessen, dass es sich hier um den König von Bayern handelt. Auch wenn dieser nicht regiert und vom Volke ferngehalten wird, so ist er dennoch der höchste Repräsentant des Landes. Ohne Wachpersonal ihn seinem Schicksal zu überlassen, ist nicht möglich«, sagte von Schlier.

»Na ja, Sie, Herr Major, können sich ja als Irrer ausgeben, sich ebenfalls in stationäre Behandlung begeben und somit den König durchgehend bewachen«, erwiderte Deschel lächelnd.

Schlier dachte kurz nach. »Das ist wohl eher ein schlechter Scherz.«

»Dann schlage ich vor«, sagte plötzlich Hiebler, »dass, solang Seine Majestät in stationärer Behandlung ist, Sie, Herr Major, Franz und ich selbst abwechselnd König Otto bewachen. Franz und ich sind bereits in der Klinik bekannt. Sie, Herr von Schlier, müssten Ihre Uniform gegen einen Anzug tauschen und sind dann eben ein besorgter Angehöriger der Familie.«

»Hört sich für mich nach einer guten Idee an«, erwiderte Deschel.

Von Schlier dachte nach und rieb sich den langen Bart. »Einverstanden!«, meinte er schließlich. »Wir halten vor der Station in Wechselschichten Wache. Ich gehe davon aus, dass Sie, Herr von Hiebler, und dieser Franz eine militärische Ausbildung haben?«

»Nun, von Franz weiß ich, dass er 1870 im Krieg gekämpft hat. Was meine eigene Person betrifft, so ...«, erwiderte Hiebler zögerlich.

»So brauchen Sie sich keine Sorgen machen, Herr Major«, ging Deschel dazwischen. »Er ist schließlich der Held von Würzburg, der Retter des Prinzregenten. Aber das brauche ich Ihnen doch nicht zu sagen. Sie waren ja selbst Zeuge seiner Heldentat, als er in letzter Sekunde die Bombe entschärfte.«

Von Schlier nickte bedächtig und rieb sich weiter den Bart. »Das stimmt, ohne Herrn Ritter von Hiebler wären wir wahrscheinlich alle tot und würden hier nicht sitzen. Also lassen wir es bei drei Schichten: eine Früh-, eine Spät- und eine Nachtschicht«, lenkte er ein. »Sie können mit Franz ausmachen, wer heute Nacht beginnt. Ich komme Morgen um 6 Uhr zur Frühschicht, und um 15 Uhr nachmittags erwarte ich, abgelöst zu werden. Ach, und Herr von Hiebler, vergessen Sie nicht, eine Waffe bei sich zu tragen.«

»Eine Waffe?«, fragte Hiebler nach.

»Na ja, mit Worten werden Sie Seine Majestät im Fall der Fälle wohl nicht verteidigen können«, erklärte von Schlier.

»Du und dieser Franz, ihr könnt meinen Revolver haben. Ich brauch das Ding eh nicht – weißt ja«, sagte Deschel grinsend.

»Na gut, dann passt es!«, sagte von Schlier und stand auf. »Dann bis morgen früh.«

Hiebler nickte stumm. Irgendwie verspürte er ein mulmiges Gefühl im Bauch.

Zwei Stunden später kam Therese zurück. Franz saß mit Hiebler beim Abendbrot. Das Ehepaar Deschel war wenige Minuten zuvor nach Hause gegangen. Therese betrat das Haus und lächelte. Die Erlebnisse mit Otto schien sie mittlerweile verdrängt zu haben. Sie wirkte heiter und gelöst. »Franz! Georg! Sie können sich gar nicht vorstellen, was für seltene exotische Pflanzen hier in Würzburg zu finden sind«, sagte sie mit strahlendem Gesicht. »Da wachsen Bäume, die ich aus dem tiefsten Urwald Amazoniens kenne – hier, in Würzburg, im Botanischen Garten! Dieser Siebold muss unglaublich viele Exponate von seinen Reisen mitgebracht haben. Ich bin direkt etwas neidisch. Solch eine Pracht und Fülle. Da denkt man immer, dass München der Nabel Bayerns ist – das stimmt nicht! Dergleichen Gewächse habe ich in München nie gesehen und fürchte auch, dass ich sie nie dort sehen werde.«

Hiebler bemühte sich, durch ein müdes Lächeln ihre Begeisterung zu teilen. »Haben Sie Hunger?«, fragte er und bat sie, Platz zu nehmen.

»Und wie«, erwiderte sie, nahm sich einen Teller und Besteck aus der Kommode und setzte sich an den Tisch. Vor ihr standen zwei Schüsseln mit dampfendem Inhalt. In einer waren Sauerkraut und Kartoffeln, in der anderen Bratwürste. Sie lud sich eine gehörige Portion auf den Teller und fing zu essen an.

»Wir hatten vorhin Besuch, Königliche Hoheit«, begann Hiebler zaghaft.

»Therese, nicht Königliche Hoheit. Wie oft muss ich das denn noch erwähnen?«, nuschelte sie mit vollem Mund.

»Pardon!«, erwiderte Hiebler.

Therese nickte und schob sich eine weitere volle Gabel in den Mund. Rasch kaute sie und schluckte. »Und wer war der Besuch? Wieder dieser Gendarm?«

»Der auch. In seiner Begleitung war jedoch Major von Schlier«, antwortete Hiebler.

Therese legte die Gabel neben dem Teller ab und wischte sich den Mund ab. »Wie? Der von Schlier, der im Wachbataillon dient? Ein großer Mann mit langem Bart?«

Hiebler nickte. »Es scheint so, dass ihn Herr Minister von Feilitzsch geschickt hat.«

Therese schüttelte ungläubig den Kopf. »Das kann nicht sein. Es war vereinbart, dass es sich um eine streng vertrauliche Sache handelt.«

»Vor zwei Jahren ist hier ein Attentat auf Ihren Vater versucht worden. Wahrscheinlich hat von Feilitzsch befürchtet, dass Würzburg doch etwas zu unsicher ist«, erwiderte Hiebler.

»Aber wenn er tatsächlich Angst vor einem erneuten Anschlag hätte, wäre dann nicht ein ganzes Bataillon zu Ottos Schutz abkommandiert worden?«, hakte Therese nach.

»Es ist, wie es ist«, meinte schließlich Franz. »Die Herrschaften haben sich so geeinigt, dass wir uns zu dritt, also dieser von Schlier, Herr von Hiebler und meine Wenigkeit, mit Ottos Bewachung abwechseln. Mir ist das egal. Jetzt gleich nach dem Essen mache ich mich auf den Weg und übernehme die erste Nachtschicht.«

Therese legte ihre Stirn in Falten. »Aber Otto liegt doch krank auf einer geschlossenen Abteilung. Kein Mensch außer uns und Herrn Major von Schlier weiß, dass es sich um den König von Bayern handelt. Was soll da eine Bewachung bringen? Wie haben Sie sich das vorgestellt?«

»Machen Sie sich keine Sorgen, Therese«, ging Hiebler dazwischen. »Die medizinische Behandlung Seiner Majestät wird unter Beibehaltung von Anonymität weiter erfolgen. Wir sitzen abwechselnd im Foyer der Klinik und kontrollieren, wer die Station betritt. Somit sorgen wir dafür, dass König Otto kein Unheil widerfährt.«

»So ist es! Und sollte uns jemand Ärger machen, so haben wir immer noch das«, pflichtete Franz ihm bei und zeigte Therese einen Revolver, den er neben sich auf die Bank gelegt hatte. »Ist die Waffe des Gendarmen. Er hat sie uns überlassen. Zu unserer Sicherheit und zum Schutz des Königs.«

Therese starrte auf die Waffe. »Ich weiß nicht, ob das gut ist«, sagte sie. Dann atmete sie tief aus und schüttelte langsam den Kopf.

In der Irrenanstalt in der Rotkreuzstraße betrat zur gleichen Zeit Pfleger Wilhelm Ottos Zimmer. Eine Stunde zuvor hatte er ein Telegramm erhalten, in welchem ihm die wahre Identität des neuen Patienten auf Station mitgeteilt wurde. Jetzt hatte er ein Tablett in der Hand, auf dem ein Glas Wasser und zwei mit Butter bestrichene Scheiben Brot angerichtet waren. Otto lag auf dem Bett und starrte an die Decke. Seine Platzwunde war mittlerweile versorgt worden. Er trug einen Turban aus blutgetränkten Kompressen. Wilhelm stellte das Tablett auf das Kästchen neben Ottos Bett. Dann ging er zurück zur Tür, schloss diese, blickte sich im Zimmer um, griff sich einen Stuhl, rückte ihn an Ottos Bett und nahm darauf Platz.

»Eure Majestät, es wäre angerichtet«, sagte er mit seiner leisen Fistelstimme und kicherte.

Otto zeigte keinerlei Reaktion. Wilhelm beugte sich vor. Er pustete Otto ins Gesicht und wedelte mit der Hand vor dessen Augen. Otto starrte weiter regungslos an die Decke. Wilhelm lehnte sich wieder entspannt zurück und musterte Otto von den blutverschmierten Füßen bis zum Kopfverband um die lädierte Stirn. »Und du willst ein König sein?«, murmelte der Pfleger und schüttelte den Kopf. »Ein stinkender, schwachsinniger, oberbayerischer Dorftrottel bist du. Eine Schande für unser glänzendes Deutsches Reich. Pfui Teufel! Bäh! Mir graut's vor dir. Wirst schon sehen, was mit dir noch passieren wird.«

Dann stand er langsam auf und ging zu Tür. Er griff gerade die Türklinke, als er Ottos Stimme hinter seinem Rücken hörte. »Tabak – Dabak, der Teufel bist!«

Wilhelm zuckte kurz zusammen und drehte sich um. Otto setzte sich jetzt langsam auf und fixierte den Pfleger. In seinem Blick lag eine Mischung aus Angst und Zorn. »Gib mir Tabak!«, sagte er.

»Wie bitte?«, fragte Wilhelm.

»Hast mich schon verstanden, du Saupreuße!«, antwortete Otto mit klarer Stimme. »Gib mir Tabak!«, wiederholte er und setzte sich an den Bettrand.

Unsicher blickte sich Wilhelm im Raum um. Dann holte er aus seiner rechten Jackentasche einen Lederbeutel. Aus der linken Tasche kramte er eine kleine Pfeife und eine Streichholzschachtel hervor. Er betrachtete den Inhalt beider Hände, dann grinste er und steckte Pfeife und Streichhölzer wieder ein. Den Tabakbeutel schmiss er auf Ottos Bett. »Da friss, Herr König! Für dich ist Rauchen hier drinnen verboten«, sagte er und verließ rasch den Raum.

Otto hörte noch, wie Wilhelm das Türschloss absperrte. Anschließend betrachtete er den Beutel auf dem Bett. Er öffnete ihn, steckte seine Nase rein und roch. Dann nahm er sich eine Prise heraus und schob sich die Tabakkrümel in den Mund. Den Beutel legte er unter sein Kopfkissen. In einem Zug trank er dann das Glas Wasser auf dem Tablett leer und verschlang ebenso gierig die beiden Butterbrote.

Nachdem er seine erste Mahlzeit nach vier Tagen eingenommen hatte, legte er sich wieder hin, drehte sich auf die Seite und schlief sofort ein.

Kapitel neun

DIE NÄCHSTEN VIER Tage ging es Otto zunehmend besser. Nach zwei Tagen war der Kopfverband nicht mehr notwendig. Er schlief viel und nahm regelmäßig seine Mahlzeiten ein. Therese besuchte ihn jeden Nachmittag. Soweit das Wetter es zuließ, gingen sie in den Klinikgarten, unterhielten sich und verbrachten so viel Zeit wie möglich miteinander.

Die medizinische Behandlung Ottos bestand aus der Gabe von Opiumtinktur zur Nacht, Pepsinwein vor den Mahlzeiten und täglichen Hebe-Senk-Einläufen zur inneren Reinigung und Verdauungsförderung. Therese war mit dem Ergebnis der von Herrn Professor Rieger angeordneten Therapie sehr zufrieden. Die Stimmen in Ottos Kopf waren inzwischen fast verstummt.

Zunehmend lästig empfand jedoch Hiebler den Aufenthalt in Würzburg. Er verbrachte nun jeden Nachmittag und Abend nutzlos auf einer Bank im Foyer der Krankenanstalt. Meistens begleitete er Therese zu ihren Besuchsterminen am frühen Nachmittag. Er löste von Schlier ab, bis er selbst zur Nacht wiederum von Franz als Ottos Aufpasser ersetzt wurde. Hiebler fühlte sich als Leiter des Nachrichtenbureaus überqualifiziert für die Tätigkeit eines Wachmanns. Zu Hause wartete Arbeit, und hier war ihm langweilig. Er fragte sich, warum man überhaupt auf Otto aufpassen musste, wenn er in einer geschlossenen Abteilung untergebracht war? Was für einen Sinn machte das? Zudem empfand er es als unnötig, ständig für den Fall der Fälle einen Revolver mit sich zu tragen, von dem er nicht mal wusste, wie man ihn benutzt, sollte er ihn tatsächlich einmal brauchen? Nach dem dritten Tag seiner Wache beschloss er daher, auf das schwere Ding in seiner Tasche zu verzichten.

Am Montagnachmittag stand ein Gespräch Thereses mit Herrn Professor Rieger an. Es sollte geklärt werden, wie und wo Ottos weitere Therapie zu erfolgen hatte. Hiebler hoffte daher, dass Rieger die Behandlung in Würzburg für beendet erklären würde und Ottos Rückkehr nach München möglich wäre.

Wie die Tage zuvor ging er mit Therese durch den Haupteingang in die Klinik. Er winkte kurz von Schlier zu. Dieser warf einen Blick auf seine Uhr, nickte und stand auf. Der Major ging an Hiebler und Therese vorbei, lüftete kurz den Hut, wünschte »einen schönen Tag« und verließ rasch das Gebäude. Hiebler hob ebenfalls den Hut und nickte wortlos.

»Wenn Sie hier warten, Georg?«, begann schließlich Therese. »Ich werde dann den Herrn Professor aufsuchen.«

»Was soll ich sonst machen, als hier zu sitzen und zu warten?«, erwiderte Hiebler leicht gereizt.

Therese warf ihm einen verwirrten Blick zu und ging vom Foyer der Klinik den Gang hinunter zum Ambulanzbereich, wo der Professor sein Arbeitszimmer hatte.

Hiebler seufzte und ließ sich auf die Bank im Foyer plumpsen. Er starrte an die Decke und ärgerte sich über sich selbst, dass er nur zwei Bücher mit nach Würzburg mitgenommen hatte. Nach *Der seltsame Fall des Dr. Jekyll und Mr. Hyde* hatte er mittlerweile auch *Der Kurier des Zaren* gelesen. Er fragte sich, ob er nicht besser, solang Therese ihre Besprechung hatte, schnell in die Stadt gehen sollte, um sich dort ein neues Buch zu kaufen. Nur im Foyer rumzusitzen und tatenlos zu warten, bis irgendwann mal die Wachablöse Franz käme, wollte er nicht länger ertragen. Also beschloss er, sich etwas zum Lesen zu besorgen. Er warf einen Blick auf die verschlossene Tür zur Station. Dann kramte er seine Taschenuhr hervor und warf einen Blick darauf. »In einer knappen Stunde bin ich wieder zurück, und Therese wird gar nicht mitbekommen haben, dass ich zwischenzeitlich weg war«, murmelte er vor sich hin, nickte sich selbst zu, stand auf und verließ die Klinik.

Währenddessen wurde Therese von Professor Rieger mit einem freundlichen Lächeln empfangen.

»Frau Gräfin von Espen. Schön, dass Sie gekommen sind,« sagte er und bot ihr einen Stuhl gegenüber seinem Schreibtisch an.

Therese erwiderte zaghaft sein Lächeln und nahm wortlos Platz. Sie schien sichtlich nervös zu sein. Rieger musterte sie mit seinen tief liegenden Augen, schwieg und wartete auf eine Reaktion.

»Wie geht es denn nun Otto?«, begann schließlich Therese.

»Was würden Sie denn sagen?«, fragte er zurück, anstatt zu antworten. »Sie besuchen und sehen ihn schließlich jeden Tag, seitdem dieser Zwischenfall am *Käppele* passiert ist.«

»Na ja, ich würde sagen, dass es ihm täglich besser geht. Er nimmt seine Mahlzeiten ein, er scheint regelmäßig zu schlafen, der Verband ist weg, wir unterhalten uns miteinander, und die Stimmen in seinem Kopf scheinen auch ruhig zu sein.«

Rieger schob die Unterlippe vor und nickte langsam. »Das sehe ich auch so, Frau Gräfin. Man könnte fast meinen, dass er einen normalen Intellekt hat. Sein Verhalten ist relativ unauffällig mittlerweile, aber …« Rieger zögerte.

»Aber?«, hakte Therese nach.

»Aber er ist weiterhin unheilbar krank. Die Krankheit schlummert nur in ihm. Ähnlich wie bei der Schwindsucht gibt es Zeiten, in denen es den Patienten bei adäquater Behandlung gut geht. Und dann gibt es Zeit mit Bluthusten, Gewichtsverlust und letztendlich Tod durch Entkräftung.«

»Sie meinen, dass Otto an seiner Krankheit sterben wird?«, fragte Therese besorgt.

»Ich weiß es nicht, aber wenn die Dementia fortschreitet, kann es auch bei ihm zur zunehmenden Verdummung und letztendlich auch zum körperlichen Verfall kommen. Die lange Phase der Verweigerung der Nahrungsaufnahme belegt dies ja.«

Therese hörte ihm aufmerksam zu.

»Und dann«, fuhr Rieger fort, »scheint er mir immer noch nicht vollständig bei Sinnen zu sein. Vor allem der Pfleger Wilhelm ruft bei ihm aggressive Tendenzen und Halluzinationen vor. Ihr Gatte verlangt von ihm, als Majestät bezeichnet zu werden und bezeichnet ihn als preußischen Verräter und Teilnehmer an einer gegen ihn gerichteten Verschwörung.«

Therese konnte sich den Anflug eines Lächelns nicht verkneifen.

»Das ist eine Form des Größenwahns und der Realitätsferne«, erwiderte Rieger. »Mir gibt dies Anlass zur Sorge, Frau Gräfin.«

»Entschuldigen Sie«, erwiderte Therese und wurde leicht rot im Gesicht. »Aber, wenn das alles ist – damit kann ich gut leben.«

Rieger musterte sie erneut und schob nachdenklich die Unterlippe nach vorne.

»Aber wie geht es denn nun weiter, Herr Professor?«, fragte schließlich Therese.

»Nun, vor einigen Jahren hätte man Ihren Mann hinter Gittern gehalten. Man hätte ihn mit eiskalten Wassergüssen behandelt, hätte ihn körperlich gezüchtigt oder durch kontinuierliche Bibelsprüche und Psalmen versucht, ihn gesundzubeten, um so den Teufel der Krankheit aus ihm herauszutreiben. Aber diese Zeiten sind vorbei. Außer damit einen armen, kranken Menschen zu quälen, hat man nichts erreicht. Mit den zunehmenden Kenntnissen zur Physiologie des menschlichen Körpers haben sich nun unsere Behandlungsmethoden geändert.«

»Das heißt?«, fragte Therese nach.

»Das heißt, dass wir Ihren Mann entlassen können. Er ist derzeit weder selbst- noch fremdgefährdend. Gönnen Sie ihm Ruhe und schirmen Sie ihn von allem ab, was einen erneuten Anfall auslösen könnte. Keine Gewaltdarstellungen wie beim *Käppele*, keine Verschwörungstheorien – er braucht viel Ruhe in einer friedvollen Umgebung.«

Therese nickte freudig erregt. »Aber das ist eine wunderbare Nachricht, Herr Professor Rieger.«

Plötzlich klopfte jemand heftig an der Tür. Verwirrt drehte sich Therese um.

»Jetzt nicht!«, rief Rieger in den Raum. Dann wandte er sich wieder Therese zu. »Ruhe, geregelte Tagesabläufe, viel Schlaf, frische Luft und …«

In diesem Moment ging die Tür auf, und eine Krankenschwester kam in den Raum.

»Schwester Agathe, ich sagte doch, dass es jetzt nicht passt«, schimpfte Rieger.

»Entschuldigen Sie bitte, Herr Professor«, erwiderte die Krankenschwester. Sie schien sehr nervös zu sein und war erkennbar außer Atem. »Aber der Graf von Espen …«

»Was ist mit ihm?«, fragte Rieger.

»Der Graf liegt regungslos im Bett. Er scheint sehr hohes Fieber zu haben und atmet sehr schwer.«

»Der Graf von Espen? Sind Sie sicher?«, fragte Rieger nach.

»Ja natürlich, der Graf von Espen«, antwortete die Schwester. »Bitte kommen Sie, Herr Professor, schnell! Es geht ihm wirklich sehr schlecht.«

Rieger stand auf und stürmte aus dem Raum.

Therese wurde blass. Sie atmete tief ein und aus. Dann eilte sie dem Professor und der Krankenschwester hinterher.

Mittlerweile war Hiebler in einer Buchhandlung fündig geworden. Er hatte sich in der Nähe des Hauptbahnhofs den Sammelband *Höhenfeuer. Neue Geschichten aus den Alpen* von Peter Rosegger gekauft – reichlich Lesestoff mit größtenteils tragischen Geschichten aus Tirol. Hiebler schleppte schwer an dem Wälzer, als er zurück zum Klinikum marschierte. Er freute sich, mit dem Buch die Zeit seiner Wache verkürzen zu können. Als er an der Rotkreuzstraße, Ecke Ziegelaustraße angekommen war, blickte er nach vorne zum Eingang des Klinikums. Er meinte gerade, Major von Schlier das Gebäude betreten zu sehen. »Das ist doch der Schlier? Hat wahrscheinlich was vergessen«, murmelte Hiebler vor sich hin. »Dumm nur – wenn er es wirklich ist – dass ich ausgerechnet jetzt nicht an meinem Platz bin.« Er macht eine abfällige Handbewegung und ging rasch weiter. »Was soll's, wenn es gut läuft, bin ich morgen eh auf dem Weg nach

Hause«, beruhigte er sich selbst. Gleichzeitig verspürte er jedoch, wie das Herz schneller schlug und sich die Atmung beschleunigte. Irgendetwas stimmte nicht, sagte ihm sein Instinkt.

Als Hiebler das Gebäude betrat, bemerkte er, dass die sonst immer verschlossene Tür zur Station weit offen stand. Er näherte sich langsam dem Eingang zum Stationstrakt und blickte in einen leeren Flur. Plötzlich sah er aus einem Zimmer eine Krankenschwester eilen. Kaum, dass sie auf dem Flur war, sah Hiebler, wie ihr Pfleger Wilhelm entgegenkam. »Agathe, was ist da los?«, fragte Wilhelm mit seiner Fistelstimme.

»Dem Grafen geht es sehr schlecht. Er scheint Fieber zu haben, und ich soll Wadenwickel vorbereiten«, erwiderte Schwester Agathe und lief an Wilhelm vorbei.

Dieser nickte kurz, ging dann weiter und bemerkte Hiebler, der immer noch unsicher im Türrahmen stand. Wilhelm lächelte ihn hämisch an. »Unserem Grafen, auf den Sie immer so gut aufpassen, scheint es nicht gut zu gehen«, sagte er mit zynischem Unterton. Dann ging er in Ottos Krankenzimmer. Unsicher betrat nun Hiebler die Station und folgte Wilhelm in das Zimmer.

Zuerst nahm er Otto wahr. Dessen Kleidung war klatschnass durchgeschwitzt, der Schweiß stand ihm auf der Stirn, er atmete schwer und langsam. Es stank erbärmlich nach einer Mischung aus Fäkalien und Erbrochenem in dem Zimmer. Hiebler hielt sich reflexartig die Nase zu. Direkt an Ottos Bett standen Professor Rieger und Therese. Mit etwas Abstand sah Hiebler von Schlier, Wilhelm und eine ihm unbekannte, weitere Krankenschwester stehen. Alle beobachteten aufmerksam die Szenerie. Professor Rieger tastete nach Ottos Puls, zunächst an der Hand, dann in der Leistengegend und schließlich am Hals. Er wirkte konzentriert und gleichzeitig sehr besorgt. Dann legte er seinen Kopf seitlich auf Ottos Brustkorb, um das Herz abzuhören.

»Da sind Sie ja!«, sagte plötzlich von Schlier zu Hiebler. »Was bilden Sie sich eigentlich ein, einfach Ihren Posten zu verlassen!«

»Ich war nur ...«, begann Hiebler kleinlaut.

»Sicher nicht an Ihrem Platz!«, unterbrach ihn von Schlier. Er musterte ihn und sah missbilligend auf das Buch in Hieblers Hand. »Sie schleppen hier Bücher durch die Gegend? Ist das Ihr Ernst? Und wo ist überhaupt Ihr Revolver?«

»Liegt im Zollhaus in der Geschirrkommode ... ich dachte mir, dass ...« »Pst! Leise! Seien Sie ruhig!«, unterbrach ihn Rieger, der immer noch Ottos Herz abhörte. Hiebler schwieg sofort und legte sein neu erstandenes Buch auf den Tisch. Therese sah besorgt auf Otto. Sie schien Hieblers Anwesenheit gar nicht wahrzunehmen.

»Nur sehr schwache Herztöne. Wir müssen ihn aufrichten«, sagte schließlich Rieger, stand auf und sah zu Therese. »Ich muss seine Lunge untersuchen. Schwester Katharina? Wenn Sie mir helfen möchten?«

Die Schwester eilte nach vorne. Sie stellte sich an das Fußende des Bettes, nahm Ottos Hände in ihre und zog den dürren, verschwitzen Oberkörper hoch. Otto blieb weiter regungslos. Professor Rieger zog dessen Hemd hoch, klopfte ihn ab und legte jetzt sein Ohr auf den klatschnassen Rücken des Patienten. »Exspiratorisches Giemen – spastisches Atemgeräusch«, murmelte er vor sich hin. »Sie können ihn jetzt wieder zurücklegen«, sagte er zur Krankenschwester. Rieger nahm Ottos Kopfkissen vom Bett und knüllte es in der Mitte zusammen, um den Oberkörper etwas höher lagern zu können. Als er das Kissen anhob, sah er einen ledernen Tabakbeutel. Kopfschüttelnd legte er den Beutel auf das Nachtkästchen. Langsam ließ Schwester Katharina Otto wieder zurücksinken.

Als er etwas höher gelagert im Bett lag, blickte Katharina auf den Tabakbeutel. »Sag mal, Wilhelm, das ist doch dein Beutel?«, sagte sie plötzlich. »Dein Beutel, den du angeblich verloren hast.«

»Nein, das ist er nicht«, murmelte Wilhelm.

»Natürlich ist er das«, erwiderte Katharina. »Ich kenne deinen Tabakbeutel. Sei doch froh, dass er wieder aufgetaucht ist.«

Hiebler und von Schlier sahen aufmerksam auf den Pfleger.

»Ich habe doch gesagt, dass es nicht meiner ist. Lass mich in Ruhe!«, sagte er genervt, machte eine schroffe Handbewegung und verließ den Raum.

Von Schlier blickte kurz auf Otto, dann folgte er hastig dem Pfleger.

Verwirrt sahen Therese, Hiebler, Rieger und Schwester Katharina dem Major hinterher, dann wandten sie sich wieder dem Patienten zu. Rieger hob Ottos Hand hoch und ließ sie wieder fallen, dann kniff er ihm einige Male fest am Oberarm. »Keinerlei Reflexe, keine Antwort auf Schmerzreize«, murmelte er.

»Herr Professor, was ist denn nun los mit ihm?«, fragte Therese.

»Ich weiß nicht genau, was es ist«, erwiderte der Professor und sah sie mit müden Augen an. »Ich weiß nur, dass er sterben wird, wenn wir nicht die Ursache erkennen und diese auch behandeln können.«

Er rieb sich nachdenklich das Kinn. »Schwester Katharina«, sagte er schließlich, »gehen Sie zum Fernsprecher und rufen Sie in der Toxikologie an. Herr Professor Kunkel soll bitte rasch kommen. Sagen Sie ihm, dass es ein Notfall ist. Jede Minute zählt.«

Katharina nickte und lief los.

Therese vergrub ihr Gesicht in den Händen. »Gütiger Herrgott, hilf!«, murmelte sie.

Plötzlich drangen laute Geräusche aus dem Vestibül zu ihnen in das Krankenzimmer. »Halt! Stehen bleiben!«, hörte man von Weitem von Schlier schreien. Es folgten schnelle Schritte auf dem Steinboden der Eingangshalle. Anschließend vernahmen Therese, Hiebler und Rieger das Explosionsgeräusch eines Schusses. Es folgte sofort ein weiterer Schuss. Dann eine kurze Pause, und schließlich ein dritter Schuss – *PENG, PENG ... PENG.*

»Was zum Teufel war das jetzt?«, fragte Hiebler und wurde sichtlich bleich im Gesicht.

Nun begannen sich die Ereignisse zu überschlagen.
Als Erstes kam Schwester Agathe in das Krankenzimmer. Sie hatte eine Schüssel in der Hand. Stöhnend schob sie sich an Hiebler vorbei und stellte die Schüssel auf den Tisch. »Die Wadenwickel, Herr Professor«, murmelte sie. Sie zog Ottos Hosenbeine hoch, entnahm der Schüssel ein weißes Leinentuch, wrang es aus und wickelte es um Ottos linkes Bein. In diesem Moment betrat Katharina das Zimmer. »Professor Kunkel ist verständigt«, sagte sie und half ungefragt ihrer Kollegin beim Anlegen des Wadenwickels um Ottos rechtes Bein. Dieser zeigte immer noch keine Regung. Er schien zunehmend Probleme mit dem Atmen zu haben. Sein gequältes Pfeifen bei jedem Atemzug war nun laut für alle hörbar. »Wann kommt er?«, fragte Rieger nervös Katharina. »Ist in fünf Minuten da«, antwortete sie, wrang ein kleineres Leinentuch aus und legte es auf Ottos Stirn. »Was war das übrigens gerade für ein Krach im Vestibül?«, fragte sie beiläufig, als plötzlich der Pförtner das Zimmer betrat. »Herr Professor, da sind Sie ja!«, begann er aufgeregt. Er hatte die Augen weit aufgerissen. Schweißperlen standen ihm auf seiner Glatze. »Haben Sie die Schüsse nicht gehört? Wilhelm, unser Pfleger Wilhelm, ist erschossen worden. Ich habe gerade die Gendarmerie über den Fernsprecher verständigt.«

»Wilhelm tot?«, fragte Agathe entsetzt.

Alle starrten jetzt auf den Pförtner.

»Von wem erschossen?«, fragte Katharina.

»Von einem der Männer, die immer vor der Station sitzen und auf den Grafen hier aufpassen«, antwortete der Pförtner und blickte mit einer Mischung aus Angst und Wut zunächst auf Otto und dann auf Hiebler. »Es war der mit dem langen Bart«, fuhr er fort. Als ob er gerufen wurde, kam im gleichen Moment von Schlier zurück ins Zimmer.

»Da! Das ist er! Der war es! Er hat Wilhelm erschossen«, rief der Pförtner und schob sich Deckung suchend hinter Rieger.

»Ich musste es tun. Der Schuft wollte fliehen«, sagte von Schlier gelassen.

Im Raum waren nun außer Otto sieben weitere Personen. Von Schlier schnupperte etwas angewidert, dann ging er zum Fenster und öffnete es. »Schlechte Luft hier drinnen«, murmelte er. »Ist die Gendarmerie verständigt?«, fragte er dann den Pförtner, der zögerlich nickte. »Gut!«, fuhr von Schlier fort. »Dann gehen Sie jetzt zurück zur Pforte und warten dort. Dürfte ich die beiden Schwestern bitten, ebenfalls den Raum zu verlassen? Es wird eng hier drinnen.«

Rieger signalisierte den Schwestern zu gehen. »Kann mir jetzt bitte jemand sagen, was hier eigentlich los ist?«, fragte er, nachdem die Tür geschlossen war.

»Stirbt Seine Majestät?«, erwiderte von Schlier mit Blick auf Otto, ohne die Frage des Professors zu beantworten.

»Stirbt *wer*?«, fragte Rieger überrascht.

Therese setzte sich auf den Stuhl und hielt die Hände vors Gesicht. »Berichten Sie dem Professor die Wahrheit, Herr Major«, sagte sie und wischte sich mit einem seidenen Tuch, welches sie aus ihrem Ärmel zog, die Tränen aus den Augen.

Kapitel zehn

Von Schlier hob ähnlich wie Rieger zuvor Ottos Hand hoch und ließ sie wieder fallen. Erneut zeigte dieser keinerlei Reaktion, seine Atemgeräusche hingegen wurden immer lauter. Es war ein kontinuierliches Pfeifen, wobei jetzt zusätzlich längere Pausen auftraten.

»Der Mann, der hier gerade stirbt, ist Otto I., König von Bayern«, sagte von Schlier ruhig.

»König Otto?«, erwiderte Rieger erstaunt. »Der geisteskranke König, der in der Nähe von München weggesperrt ist?«

»So ist es!«, antwortete von Schlier. »Das ist König Otto und nicht ein Graf von irgendwas. Und da wir schon dabei sind: Bei der vermeintlichen Gräfin handelt es sich um Ihre Königliche Hoheit Prinzessin Therese von Bayern, Tochter des Prinzregenten Luitpold. Herr von Hiebler ist Leiter des Nachrichtenbureaus im Innenministerium, und ich bin Major von Schlier, Kommandant im Leibregiment des Prinzregenten.«

Rieger wurde blass. Er suchte nach einer Möglichkeit, sich hinzusetzen. Der Stuhl im Raum war jedoch schon durch Therese belegt, auf Ottos Bett wollte er sich nicht setzen. Folglich ging er einige Schritte unschlüssig auf und ab. Dann atmete er tief durch. »Das ist … das ist … das ist eine bodenlose Gemeinheit, mich derart zu hintergehen«, stammelte er. »Jedes Arzt-Patienten-Verhältnis basiert auf Vertrauen zueinander. Warum haben Sie mir nicht die Wahrheit gesagt?«, fragte er und sah wütend auf Therese. »Niemals hätte ich es gewagt, als Einzelperson die Therapie des hohen Patienten zu übernehmen, ohne mich zumindest mit den behandelnden Kollegen wie Herrn von Grashey auszutauschen. Wie konnten Sie nur?«

»Aber genau aus diesem Grund habe ich Sie doch kontaktiert, Herr Professor«, erwiderte Therese. »Dass Sie sich unvoreingenommen ein Bild machen können und Otto nach bestem Wissen und Gewissen therapieren. Und damit waren Sie doch auch erfolgreich. Es ging ihm lange nicht so gut wie die letzten Tage.«

»Dennoch, Königliche Hoheit, Sie haben mich hintergangen. Und gut geht es Seiner Majestät sicherlich nicht. Werfen Sie einen Blick auf ihn. Wenn kein Wunder passiert, wird der König sterben. Hier, in meinem Klinikum! Hinzu kommt, dass ein Pfleger dieser Klinik scheinbar gerade erschossen wurde.« Rieger sah Therese lange und tief in die Augen, dann wandte er sich ab und schüttelte den Kopf. »Egal, wie das hier ausgeht. Sie sind mir Erklärungen schuldig. Viele Erklärungen! Wenn ich gewusst hätte, dass Seine Majestät hier in Würzburg ist, hätte ich mich wenigstens mit dem Kollegen Hubrich aus Werneck austauschen können. Er ist sehr erfahren und mit der Erkrankung des Königs bestens vertraut. Erst kürzlich hat er König Otto gutachterlich untersucht. Er hat mir viel über Seine Majestät berichtet.«

Rieger ging jetzt nachdenklich im Raum auf und ab. Therese beugte sich zu Otto und wischte ihm die Stirn ab. Plötzlich blieb Rieger stehen. »Gräfin? Äh … Königliche Hoheit?«, wandte er sich an Therese. »Kann es sein, dass Seine Majestät nicht nur Tabak raucht, sondern das Kraut auch isst? Hubrich hat mir da so etwas angedeutet.«

Therese blickte hoch zu dem Professor. Sie musste wieder daran denken, als sie gemeinsam vor einigen Tagen Ottos Stiefel auszogen und er sich anschließend wütend Tabakkrümel in den Mund stopfte. »Ja, das hat er schon gemacht«, antwortete sie.

»Dann ist es eine Tabakvergiftung. Das wird es sein! Seine Majestät hat Tabak gegessen. Er leidet unter Vergiftungssymptomen«, murmelte Rieger vor sich hin. Jetzt schien er fast erleichtert zu sein.

»Und dieser Pfleger Wilhelm hat ihn damit vergiftet. Er hat ihm das Kraut eingeflößt«, ergänzte von Schlier. »Deshalb wollte er fliehen, als wir den Beutel im Bett entdeckt haben.«

»Die Frage ist nur, warum er das hätte tun sollen?«, sagte Hiebler.

»Dafür haben wir ja Sie dabei, Herr von Hiebler. Sie können sich auf die Suche nach dem Motiv machen, nachdem Sie schon nicht in der Lage waren, in den entscheidenden Minuten Seine Majestät vor dergleichen Attentaten zu schützen. Aber Waffen halten Sie ja für scheinbar auch nicht notwendig«, giftete von Schlier.

»Wie hätte ich denn von meinem Platz im Vestibül die Vorgänge in einer abgeschlossenen Station unterbinden können, Herr Major? Ob mit oder ohne Waffe«, wehrte sich Hiebler wütend.

»Meine Herren, ich bitte Sie«, unterbrach Therese die beiden. »Otto liegt im Sterben. Haben Sie Achtung vor ihm und hören Sie mit den gegenseitigen Anschuldigungen auf. Das bringt uns jetzt keinen Schritt weiter.«

Dann wandte sie sich an Rieger. »Herr Professor, wie können wir ihm denn nun helfen?«

Rieger blickte besorgt auf den keuchenden und stark schwitzenden Otto. »Nun, wir müssten versuchen, das Gift auszuleiten«, antwortete er, beugte sich über den Patienten und drehte dessen Kopf auf die Seite. »Wenn er sich nochmals übergeben könnte«, sagte er und schob seinen Zeigefinger weit in Ottos Rachen.

Es folgte ein kurzes Röcheln, mehr nicht. Rieger wartete eine Weile, dann wiederholte er die Prozedur.

In diesem Moment öffnete sich die Tür. Ein schlanker, mittelgroßer Mann in schwarzem Anzug mit dunkelblonden Haaren betrat den Raum. Über dem Anzug trug er einen weißen Arztkittel. »Für einen Nervenarzt sind das ungewöhnlich manuelle Therapieverfahren, die du da praktizierst, Konrad«, sagte der Mann. Er begrüßte alle Anwesenden mit einem kurzen Nicken und ging mit prüfendem Blick auf Otto zu.

»Adam Kunkel! Schön, dass du hier bist«, erwiderte Rieger erleichtert. Er zog seinen Finger aus Ottos Mund heraus und wischte sich die Hand an dem Bettlaken ab.

»Um was geht es?«, fragte Kunkel. »Ich komme dich

ja immer gerne besuchen, Konrad, aber so dringlich, wie es in dem Anruf geklungen hatte, ist es dann doch eher selten.« Der Professor beugte sich über Otto. »Hm, der Mann scheint starkes Fieber zu haben, und die Atmung ist erschwert. Sepsis bei Lungenentzündung?«

»Ich denke eher, dass es sich um eine Vergiftung handelt. Wir vermuten, dass er große Mengen von Tabak gegessen hat«, antwortete Rieger.

»Der Tabak wurde ihm von einem Pfleger eingeflößt«, ergänzte von Schlier.

Kunkel warf einen kurzen missbilligenden Blick auf den Major. »Ob es eine Fremd- oder Selbstingestion war, ist der Vergiftung relativ egal.«

Dann wandte er sich wieder Otto zu. »Ist das Gift noch im Magen?«, fragte er Rieger.

»Das weiß ich nicht. Es roch zumindest nach Erbrochenem, als wir ihn aufgefunden haben. Das Auslösen des Brechreizes war jedoch nicht erfolgreich, wie du ja gerade mitbekommen hast.«

»Schlecht! Der Patient ist komatös und reagiert nicht mal mehr auf dergleichen Reize«, erwiderte Kunkel. Er tastete Ottos Puls. Dann beugte er sich über dessen Gesicht, zog beide Augenlider nach oben und sah ihm in die Augen. »Ich bin mir jedoch nicht sicher, ob es wirklich eine Nikotinvergiftung ist. Die vermehrte Speichelbildung und das übermäßige Schwitzen passen. Untypisch sind jedoch der langsame Puls, das Giemen beim Atmen und die Verengung der Pupillen ohne entsprechende Lichtreaktion. Ich denke, dass da etwas anderes dahintersteckt.«

»Aber wir haben sowohl den Täter als auch die Vergiftungsursache eindeutig identifizieren können«, fuhr erneut von Schlier dazwischen.

Kunkel drehte sich um und sah genervt auf den Major. »Wir haben hier einen Menschen, der im Sterben liegt. Ich weiß jetzt nicht, wer oder was Sie sind, würde Sie jedoch bitten, uns unsere Arbeit machen zu lassen und den Raum zu verlassen. Sie stören!«

»Ich bestehe aber darauf hierzubleiben!«, insistierte von Schlier.

»Sie gehen jetzt raus! Suchen Sie sich eine Krankenschwester und sagen ihr, dass wir den Schlauch, den Trichter und einen großen Krug mit Wasser brauchen – und zwar sofort!«, erwiderte Kunkel wütend. »Oder wollen Sie Schuld daran haben, dass der Mann hier stirbt?«

»Das wird ein Nachspiel haben«, erwiderte Major von Schlier trotzig und verließ das Zimmer.

»Ich bezweifle, dass das eine Nikotinvergiftung ist, Konrad«, sagte Kunkel, kaum nachdem von Schlier den Raum verlassen hatte. »Das ist ein Muscarin-Syndrom.«

»Dann leidet Otto unter einer Pilzvergiftung?«, fragte Therese überrascht.

Kunkel sah mit großen, staunenden Augen auf sie. »Gnädige Frau, Sie wissen, was ein Muscarin-Syndrom ist?«, fragte er.

»Ja, das weiß ich. Muscarinerge Symptome werden unter anderem durch *Clitocybe dealbata*, dem Feld-Trichterling, hervorgerufen. Der ziegelrote Rißpilz, *Inocybe erubescens*, wäre jedoch auch möglich«, fuhr

Therese im Stil eines Universitätsdozenten fort. »Oder täusche ich mich da, Herr Professor?«

»Nein ... das ist absolut richtig, woher ...?«, stammelte Kunkel.

»Ich habe Botanik im Selbststudium gelernt. Die heimische Pilz- und Pflanzenwelt sind mir vertraut, obwohl mein hauptsächliches Interesse inzwischen mehr der südamerikanischen Flora und Fauna gilt.«

»Kompliment, Madame, Kompliment!«, erwiderte Kunkel.

»Wie planen Sie nun vorzugehen?«, fragte Therese.

»Wir werden ihm den Magen ausspülen, um möglichst viel Gift zu eliminieren«, antwortete Kunkel.

Im gleichen Moment kam Schwester Katharina in den Raum. Sie hatte in einer Hand den Schlauch und den Trichter, der sonst üblicherweise zur Zwangsernährung von Patienten benutzt wurde. In der anderen Hand trug sie einen großen Krug mit Wasser. »Tut mir leid, Herr Professor, dass es etwas länger gedauert hat, aber irgendjemand hat den Schlauch im Spülbecken verräumt und nicht in den Schrank, wo er sonst immer ist«, sagte sie und stellte alles auf den Beistelltisch neben das Bett.

Kunkel zog Kittel und Jackett aus und krempelte sich die Hemdsärmel hoch. Im Türrahmen stand von Schlier, der neugierig auf und ab trippelte und versuchte, das Geschehen zu erfassen. Kunkel wandte sich zu ihm um. »Ein Wort, und ich befördere Sie höchstpersönlich vor die Tür.«

Zunächst drehten nun Rieger und Kunkel Otto auf dessen linke Seite. Hiebler half ihnen dabei. Dann führte Kunkel den weichen Kautschuk-Schlauch in Ottos Rachen ein. Der Arzt schob den Schlauch gut einen halben Meter vor und hielt das Ende hoch. Rieger wusste, was jetzt zu tun war. Er steckte den Trichter in das Schlauchende und schüttete aus dem Krug rasch etwa einen halben Liter Wasser in den Schlauch. »Die Schüssel!«, sagte Kunkel zu Hiebler und signalisierte ihm, den Bottich, in dem zuvor die Wickel waren, unter Ottos Bett auf Höhe der Kopfseite zu stellen.

»Ja, selbstverständlich«, erwiderte Hiebler und erledigte seine Aufgabe.

Dann entfernte Rieger den Trichter. Kunkel hielt nun das Schlauchende soweit wie möglich nach unten über die Schüssel. Im Schwall entleerte sich Ottos Mageninhalt. Es ergoss sich eine trübe, nach Erbrochenem riechende Brühe mit wenigen Speiseresten. Angewidert wandte sich Hiebler ab und hielt sich die Nase zu. »Ich bin mir sicher, dass wir, wenn wir das unter dem Mikroskop untersuchen, Pilzlamellen erkennen werden«, sagte Kunkel und hielt den Schlauch wieder nach oben. Anschließend wurde die gleiche Prozedur solang wiederholt, bis nur noch klare Spülflüssigkeit abfloss.

Ottos Zustand besserte sich jedoch nicht. Im Gegenteil, er wurde zusehends blasser, das pfeifende Atemgeräusch nahm zu.

Kunkel beugte sich erneut über die Schüssel und betrachtete intensiv deren Inhalt.

Wie kann man nur Interesse an dem Mageninhalt eines Menschen haben, dachte sich Hiebler. Was für ein seltsamer Beruf!

»Und, Herr Professor?«, fragte Therese besorgt.

»Sicher Pilze, Madame«, antwortete er. »Ich fürchte nur, dass wir zu spät sind.«

»Warum? Sie sagten doch selbst, dass man das Gift eliminieren muss. Und das haben Sie jetzt doch getan, oder?«

»Ja und nein, Madame. Wir können eben nur den Magen spülen. Und diese geringe Menge, die da in der Brühe schwimmt, reicht sicherlich nicht aus, um dergleichen Vergiftungserscheinungen hervorzurufen. Ich fürchte, dass der größte Anteil der Giftpilze den Magen bereits verlassen hat.«

Therese schüttelte ungläubig den Kopf. »Aber wir können Otto doch nicht einfach seinem Schicksal überlassen.«

»Lassen Sie es gut sein, Königliche Hoheit«, rief von Schlier von hinten in den Raum. »Die Ärzte haben alles getan. Jetzt sollte Seine Majestät in Würde sterben dürfen.«

»Was redet dieser Mann, Konrad?«, fragte Kunkel genervt Rieger. »Hoheit? Majestät? Ist der irre? Ist das einer deiner Patienten?«

»Erzähle ich dir später«, flüsterte Rieger. Dann wandte er sich an Therese. »Sie sehen, dass unsere Möglichkeiten begrenzt sind. Es bleibt uns wenig Hoffnung.«

Therese schüttelte weiter den Kopf. »Nein, das

glaube ich nicht«, erwiderte sie trotzig. »Sie sind beide Ärzte, tun Sie doch etwas.«

Kunkel rieb sich nachdenklich die Stirn. »Muscarin ... Muscarin ... enggestellte Pupillen, Blutdruckabfall, vermehrter Speichelfluss ...«, murmelte er vor sich hin.

Dann blickte er hoch. »Aber natürlich!«, rief er plötzlich. »Wo ein Gift, da auch ein Gegengift. Wir könnten es mit Atropin versuchen, das hat exakt die gegenteilige Wirkung. Die Frage ist nur, wo wir das jetzt rasch herbekommen?«

»Atropin? Sie meinen Belladonna? Die Tollkirsche«, fragte Therese hektisch. »Ich kenne Belladonna von meinen Reisen. Einige Völker nehmen es als Rauschmittel und gegen die Müdigkeit. Die Pupillen weiten sich nach Einnahme, Puls und Blutdruck steigen. Meinen Sie das?«

Kunkel nickte. »So ist es, Madame. Atropin hat definitiv die Wirkung eines Antidots beim Muscarin-Syndrom.«

Therese drehte sich rasch um zu Hiebler. »Georg! Sie kennen den Botanischen Garten?«

»Ja, ich weiß, wo er ist«, antwortete er.

»Laufen Sie dorthin, so schnell sie können. Gehen Sie in das große Glashaus gleich links beim Eingang. Wenn Sie dort sind, sehen Sie zu beiden Seiten eine Vielzahl tropischer Pflanzen. In der rechten hinteren Ecke des Glashauses wächst eine etwa mannshohe Pflanze mit fingerlangen, oval, lanzettlich zugespitzten Blättern. Der Strauch trägt viele schwarz-glänzende Beeren, die ähnlich wie Kirschen aussehen. Haben Sie mich verstanden?«

Hiebler nickte.

»Gut so!«, fuhr sie fort. »Mir ist die Pflanze sofort aufgefallen. Erstens wegen der Tollkirschen und zweitens, da der Strauch so überhaupt nicht zu den restlichen Pflanzen im Glashaus passt. Georg, Sie können gar nicht daran vorbeilaufen. Eilen Sie und bringen Sie am besten einen ganzen Zweig mit mehreren Früchten mit!«

Hiebler lief sofort los. So schnell er konnte, rannte er durch das Vestibül. Als er die Eingangstür öffnete, lief er direkt Deschel in Begleitung von zwei weiteren Gendarmen in die Arme.

»Langsam, langsam, Georg«, sagte Deschel und hielt Hiebler am Jackenärmel fest. »Was ist da drinnen passiert? Wir haben einen sehr beunruhigenden Anruf bekommen.«

»Ein Pfleger hat Seine Majestät vergiftet und ist auf der Flucht von Major von Schlier erschossen worden. Die Leiche findest du, wenn du reinkommst, rechts. Aber lass mich jetzt bitte los, Friedhelm, ich muss Kirschen holen. Es geht um Leben und Tod«, sagte Hiebler und riss sich von Deschel los.

Deschel blickte mit offenem Mund und aufgerissenen Augen hinterher. Dann drehte er sich um. »Sind denn jetzt alle komplett durchgedreht?«, murmelte er und betrat kopfschüttelnd das Gebäude.

Als Hiebler auf der Straße war, sah er ein Fahrrad, das an einen Baum angelehnt war. Ohne lang zu überlegen, schwang er sich auf den Sattel und trat in die Pedale. »Platz da! Aus dem Weg!«, schrie er und fuhr, so schnell er konnte. Drei Minuten später hatte er den Botanischen Garten erreicht. Er schmiss das Fahrrad auf die Straße, lief mit dem Ausruf »Dies ist ein Notfall!« an der Kasse am Eingang vorbei, eilte in das Glashaus auf der linken Seite, suchte und fand den Tollkirschenstrauch. Wie Therese ihm gesagt hatte, konnte man die Pflanze nicht übersehen. »Fingerlange, ovale Blätter, schwarzglänzende Beeren – das muss es sein«, sprach er mit sich selbst, brach einen Zweig ab und lief wieder auf die Straße. Mit dem Zweig in der Hand radelte er so schnell es ging zurück zur Klinik und eilte an den heftig miteinander diskutierenden Deschel und von Schlier vorbei in Ottos Krankenzimmer.

Therese sah mit müden und traurigen Augen auf Hiebler, der stolz den Tollkirschenzweig präsentierte. »Sie haben zu lange gebraucht. Es ist zu spät«, wurde er von ihr mit leiser Stimme begrüßt.

»Es ... ging ... nicht ... schneller ... aber ... aber ... hier sind die Tollkirschen!«, sagte Hiebler schwer nach Atem ringend.

»Majestät hat keinen messbaren Puls mehr und atmet nur noch alle zehn Sekunden. Er stirbt«, sagte Rieger.

»Aber wieso?«, fragte Hiebler, der langsam wieder zu Atem kam. »Sie haben doch selbst gesagt, dass wir ihn mit einem Gegengift retten können. Wir zerquetschen mit den Fingern die Früchte und kippen den Saft über den Schlauch in den Magen. So können wir ihm helfen. An dem Zweig sind sicher zehn Kirschen dran. Versuchen wir es doch wenigstens. Kommen Sie!«, keuchte Hiebler und begann, die Tollkirschen vom Zweig zu pflücken. Er legte alle Früchte auf den Tisch und fuhr mit dem Handballen drüber, bis sich eine kleine Lache einer dunkelvioletten Flüssigkeit ausbreitete.

»Es hat keinen Sinn!«, sagte jetzt Kunkel. »Bis der Saft, die Früchte oder die Blätter den Magen verlassen, um im Dünndarm aufgenommen zu werden, ist es zu spät. Der Mann stirbt! Sehen Sie das nicht?«

Hiebler ließ sich von der Meinung der Professoren nicht beeindrucken. Keuchend und schwitzend zerdrückte er weiter eine Beere nach der anderen. Der Schweiß tropfte ihm von der Stirn in die Augen. Ohne an die giftige Flüssigkeit an seinen Händen zu denken, rieb er sich mit den Handballen den Schweiß aus den Augen. Dann rieb er sich die Nase und den Mund. Der Tollkirschensaft hinterließ eine dunkelrote Spur über Hieblers sonst so gepflegten Schnurrbart. Dann fuhr er fort und zerquetschte weiter die Früchte. »Nun helfen Sie mir doch!«, rief er verzweifelt. »Schieben Sie ihm den Schlauch in den Magen.«

Plötzlich hielt Hiebler inne. Jetzt begann er die Folgen seines unbewussten Handelns zu spüren. Das vorher nur spärliche Licht im Raum reichte, ihn zu blenden. Er presste die Augen zu. »Was ist das denn?«, sagte er. »Ich kann nichts mehr sehen!« Erneut rieb er sich mit den benetzten Fingern die Augen. Er begann zu torkeln. »Mir wird schlecht! Was ist los mit mir?«, sagte er und schwankte wie ein betrunkener Zirkusbär durch den Raum.

»Das ist die Wirkung der Tollkirsche«, sagte Therese. »Sie hätten sich nicht mit der Hand die Augen reiben sollen.«

»Au, das brennt, ich sehe nichts mehr, und mein Mund ist so trocken«, stöhnte er, öffnete den Mund wie ein Fisch auf dem Trockenen und wanderte weiter unruhig im Raum umher.

»Natürlich!«, rief plötzlich Kunkel. »Wie konnte ich nur so naiv sein. Belladonna – die Pupillen weiten sich, wenn die Augen mit Tollkirschensaft benetzt werden. Das Atropin wird direkt und sehr schnell über die Schleimhäute aufgenommen!« Er eilte zu dem Tisch und nahm sich eine Handvoll zerquetschter Tollkirschen. Dann öffnete er Ottos Mund und verrieb an Zahnfleisch und Wangeninnenseite den giftigen Brei. »Konrad, leg du ihm den Magenschlauch und kipp den Rest der Beeren mit Wasser in den Magen. Das Gegengift muss nicht erst vom Dünndarm aufgenommen werden. Es kann auch direkt über die Schleimhäute von Mund, Rachen und Magen wirken.«

Rieger nickte, schob den Schlauch vor, stopfte die Beerenpaste in den Trichter und spülte mit Wasser nach. Kunkel verrieb währenddessen einzelne Blätter des Zweiges in Ottos Mund.

Etwa zwei Minuten später beschleunigte sich Ottos Atmung. Kunkel griff Ottos Hand. »Ich kann wieder einen Puls tasten!«, sagte er überschwänglich und entfernte den Magenschlauch.

Weitere drei Minuten später öffnete Otto die Augen und blickte sich verwirrt im Raum um. Als Erstes sah er eine vor Glück weinende Therese, die sich über ihn beugte und ihm eine Haarsträhne aus dem Gesicht strich. Otto spuckte ein paar Blätter aus dem Mund. »Thereschen, schön dich zu sehen!«, sagte er. Dann sah er sich im Raum weiter um und erblickte die erleichtert lächelnden Gesichter der Professoren Rieger und Kunkel.

Hinter den beiden torkelte Hiebler und stieß sich den Kopf an der Wand. »Das Licht! Das Licht!«, schrie er und hielt seine dunkelrot gefärbten Hände nach oben. »Ich bin geblendet – bin für immer blind. Ich muss raus! Muss weg von hier! Raus! So helft mir doch! Hilfe!«

»Kaum, dass er jemanden gerettet hat, wird er selbst zum Patienten«, sagte Rieger mit Blick auf den deliranten Hiebler.

»Ich denke mal, dass die Dosis bei ihm nicht zu stark sein sollte. Mit ein paar beruhigenden Worten und dem Waschen von Gesicht und Händen dürften wir ihn rasch heilen«, meinte Kunkel und grinste. »Aber lass uns bloß aufpassen, nicht den gleichen Fehler zu machen und uns ebenfalls die Augen zu reiben«, fuhr er fort mit Blick auf seine tiefroten Finger.

Kapitel elf

Hiebler wurde am nächsten Morgen auf einer harten Pritsche wach. Außer Jackett, Mantel und Schuhe trug er seine normale Straßenkleidung. Sogar Kragen und Schlips waren noch umgebunden. Es war düster um ihn herum. Sein Hals kratzte, und er hatte Mühe, Speichel zu sammeln, um die trockenen Lippen zu befeuchten. Langsam setzte er sich auf und blickte sich um. Das Zimmer war winzig. Außer der schmalen Liege, auf der er saß, und einem Eimer in der Ecke für die Notdurft war der Raum leer. Hieblers Schuhe standen neben dem Bett, das Jackett lag zerknüllt am Boden. Das Licht des beginnenden Tages kam aus einer kleinen Luke unterhalb der Decke. Hiebler stand auf. Das Fenster war zu weit oben, um hinaussehen zu können. Er stellte sich daher auf die Pritsche und versuchte so, sich besser zu orientieren. Jetzt sah er, dass Gitterstäbe vor dem Fenster waren. Ansonsten nahm er außer einem grauen Himmel nichts wahr. Er ging zur Tür und stellte fest, dass diese weder eine Klinke noch einen Knauf zum Öffnen hatte. Hiebler klopfte an die Tür. Sie schien aus massivem Stahl zu sein und war grau lackiert. Er rieb sich das unrasierte Kinn und kämmte sich notdürftig mit den Fingern Haare und Schnurrbart. Angestrengt dachte er nun nach. Er hatte keine Ahnung, wo er war und wie er hierhergekommen war. Auf jeden Fall war er eingesperrt.

Hiebler versuchte, die Ereignisse des gestrigen Tages zu rekapitulieren. Seine letzte Erinnerung war ein Besuch im Botanischen Garten, als er einen Zweig von einem Tollkirschenstrauch abriss. Der Kampf um König Ottos Leben war ihm noch diffus im Gedächtnis. Wie er jedoch ausgegangen war, wusste er nicht.

»Ich muss wissen, wie es dem König geht«, murmelte er vor sich hin. »Ich muss raus hier. Wo immer ich auch bin.«

Zielstrebig ging er zur Tür und trommelte mit den Fäusten dagegen. »Aufmachen!«, schrie er. »Lassen Sie mich raus. Ich bin Beamter Seiner Majestät.«

Dann hielt er sein Ohr an die Tür und horchte. In der Ferne nahm er Schritte wahr, die sich langsam zu nähern schienen.

»Aufmachen!«, schrie er erneut und schlug gegen den Stahl.

»Ist ja schon gut!«, hörte er leise eine männliche Stimme. Dann vernahm er ein metallisches Klappern. Langsam öffnete sich die Tür. Hiebler trat einen Schritt zurück.

»Aber schön brav sein«, sagte der Mann und kam in den Raum. Trotz des düsteren Lichts erkannte Hiebler sofort, dass es Deschel war. Die schmale, leicht gebückte Silhouette mit den langen Haaren war eindeutig.

»Hast du dich wieder beruhigt?«, fragte Deschel.

»Friedhelm? Gott sei Dank«, seufzte Hiebler erleichtert. »Kannst du mir bitte sagen, wie es König Otto geht, wo ich hier bin und wie ich hierhergekommen bin?«

»Otto lebt, und du bist im Rathaus in einer unserer Zellen«, antwortete Deschel. Er hob Hieblers Jacke vom Boden auf und reichte ihm diese. »Zieh dir deine Schuhe an und komm mit. Bei mir gibt es Frühstück.«

Zwei Minuten später saßen sie beide im Zimmer des Chefs der Würzburger Gendarmerie. Auf Deschels Schreibtisch stand eine Kanne dampfender Tee. In einem Körbchen waren frische Brezeln angerichtet. Durstig und hungrig stürzte sich Hiebler darauf, während Deschel zu reden begann. »Seine Majestät hat überlebt, weil du nicht aufgeben wolltest, Georg. Respekt! Dieses Zeug, das du da im Botanischen Garten geholt hast, hat König Otto wieder ins Leben gebracht – während es dich selbst ziemlich irre gemacht hat.«

»Erzähl weiter«, hakte Hiebler mit vollem Mund nach. »Was ist genau passiert?«

»Wie das mit dem König war, weiß ich nicht«, antwortete Deschel. »Ich war ja schließlich nicht dabei. Wie du jedoch auf dieses Gift oder Gegengift reagiert hast, kann ich dir exakt beschreiben. Du warst komplett geistesgestört – hast was von irgendwelchen Lichtblitzen erzählt und bist ständig mit dem Kopf gegen die Wand gerannt. Als man dich beruhigen wollte, hast du um dich geschlagen wie ein Berserker. Wir mussten dir schließlich Handschellen anlegen und dich mit der Kutsche hier in die Wache bringen. Als wir hier waren, hast du einen Gendarmen beschimpft und angespuckt. Nicht zu bändigen warst du. Du hast dich benommen wie ein wildes Tier. Dann hat es uns gereicht. Wir haben dich in eine Zelle einsperren müssen. Irgendwann war dann Schluss mit deinen Spinnereien, und du bist eingeschlafen.«

Hiebler blickte mit großen Augen auf Deschel. »Gütiger Gott, das ist ja schrecklich. So habe ich mich benommen? Und das vor Prinzessin Therese? Sie wird mich dafür verachten.«

»Das Gegenteil tut sie, Georg«, erwiderte Deschel. »Sie verehrt dich! Durch deine Hartnäckigkeit konnte der König gerettet werden. Du hast dich selbst vergiftet, um ihm zu helfen. 1888 der Prinzregent, dieses Jahr der König – ich bin gespannt, wen du nächstes Jahr retten wirst.«

Hiebler wurde rot und lächelte verschämt.

»Und wo sind die beiden jetzt? Otto und Therese?«, fragte er.

»Noch in der Klinik unter strengster Bewachung durch Major von Schlier«, antwortete Deschel. »Aber angeblich wollen sie morgen abreisen – zurück nach München oder irgendwohin in die Berge.«

»Das ist gut. Ganz ehrlich, Friedhelm, nichts gegen dein schönes Würzburg, aber so langsam zieht es mich wieder zurück. Ich freue mich sogar auf meinen Schreibtisch. Und der König unseres bayerischen Vaterlandes sollte besser in sein Domizil heimkehren. Versteckt vor dem Rest der Welt.«

Deschel schüttelte schmunzelnd den Kopf. »Ist sicher

besser so. Auch nach dem, was ich so mitbekommen habe. König hin oder her, aber der Mann ist geisteskrank.«

Hiebler biss von seiner Brezel ab. Nachdenklich kaute er und blickte ins Leere. Mit einem Schluck Tee spülte er den Bissen runter.

»Eine Sache musst du mir aber noch erklären«, fuhr er schließlich fort. »Dieser Pfleger, der Otto vergiftete.«

»Wilhelm Köpke«, ergänzte Deschel.

»Ja, dieser Pfleger Wilhelm … warum hat er das getan? Wer versucht, seinen eigenen König zu vergiften?«, fragte Hiebler weiter.

»Köpke war kein Bayer. Er war Westfale«, antwortete Deschel.

»Reicht das, einen König töten zu wollen? Außerdem, woher sollte er überhaupt gewusst haben, dass sein Patient der König von Bayern ist? Für ihn war Otto ein Irrer von vielen. Und dann macht mich noch etwas Weiteres stutzig, Friedhelm. Soweit ich mich erinnern kann, ist Pfleger Wilhelm geflohen, als sein Tabakbeutel unter Ottos Kopfkissen aufgetaucht ist. Daher hat Professor Rieger ja auch an eine Tabak- beziehungsweise Nikotinvergiftung geglaubt. Mittlerweile wissen wir allerdings, dass es eine Pilzvergiftung war. Also, warum flieht er?«

Deschel sah nachdenklich auf Hiebler. »Keine Ahnung, Georg. Das müsst ihr Münchner herausbekommen. Dafür sind Menschen wie du und dieser Herr Major von Schlier da. Ich bin der unwichtige Würzburger Gendarm, der in Frieden in seiner Stadt leben möchte. Ich kann dir nur sagen, dass diesen Wilhelm zwei Schüsse in den Rücken trafen und er definitiv tot ist.«

Hiebler blickte lächelnd auf Deschel. »Friedhelm, Friedhelm«, sagte er kopfschüttelnd. »Du wirst dich auch nicht ändern. Genauso wie damals bei dem Lindahl-Fall – Hauptsache keinen Ärger und keine Arbeit haben. Aber mach dir nichts daraus, ich nehme dir das nicht übel. Dafür kennen wir uns inzwischen zu gut.«

»Wenn du mich brauchst, bin ich da, Georg. Das weißt du doch«, erwiderte Deschel lächelnd. »Nur könnt ihr Münchner das halt alles besser als ich. In solchen Fällen steh ich doch nur im Weg rum.«

»Schon gut! Ich werde später mit von Schlier reden und mich auf den Weg nach München machen«, erwiderte Hiebler. Er blickte demonstrativ auf den Fernsprechapparat, der an der Wand befestigt war. »Aber einen kleinen Gefallen musst du mir noch tun. Ich sollte kurz in München beim Minister Bericht erstatten. Darf ich?«

»Bitte! Dafür ist das Ding ja da«, antwortete Deschel.

Hiebler ging zum Fernsprecher, nahm den Hörer und drückte einige Male die Gabel. Als er die Stimme der Vermittlung vernahm, sagte er seinen Namen und verlangte mit dem Büro des Freiherrn von Feilitzsch verbunden zu werden.

Zu seiner Verwunderung meldete sich nur eine Minute später der Minister persönlich. »Herr von Hiebler, schön, von Ihnen zu hören«, sagte er. Das bekannte

Kratzen in seiner Stimme wurde durch den Fernsprecher verstärkt. »Sind Sie noch in Würzburg?«

»Ja, aber ich gedenke, morgen zurückzukehren«, antwortete Hiebler.

»Und die Königlichen Hoheiten?«

»Sind mittlerweile wieder wohlauf.«

»Was heißt mittlerweile?«

»Herr Minister, auf Seine Majestät wurde ein Anschlag ausgeübt. Man hat versucht, ihn zu vergiften.«

»Wie bitte?«, fragte Feilitzsch entrüstet nach. »Sie belieben zu scherzen, Herr von Hiebler.«

»Das würde ich mir niemals erlauben, Herr Minister.«

»Und wo ist König Otto jetzt?«

»Er liegt noch im Spital. Aber Major von Schlier bewacht ihn.«

»Von Schlier? Der Major des Leibregiments ist auch in Würzburg?«

»Ja, ich dachte, dass Sie ihn hierher abkommandiert haben.«

»Das habe ich nicht. Aber es ist gut, dass er jetzt bei Ihnen ist und den König bewacht. Ein Attentat auf den König – unfassbar! Herr Hiebler, Sie müssen schleunigst nach München zurückkehren. Das ist eine ministerielle Order! Haben Sie mich verstanden?«

»Jawohl, Herr Minister«, erwiderte Hiebler.

»Gut so«, sagte der Minister. »Rufen Sie mich an, bevor Sie morgen in den Zug steigen.«

»Wird erledigt, Herr Minister. Auf Wiederhören«, sagte Hiebler.

»Und?«, fragte Deschel, nachdem Hiebler den Hörer aufgelegt hatte.

Hiebler schwieg zunächst und blickte ins Leere. »Wir sollen so schnell wie möglich nach München fahren. Am besten gleich den Zug morgen Vormittag nehmen.«

»Aber das wolltest du doch, oder?«

»Schon richtig, mir sind nur ein paar Dinge unklar«, antwortete Hiebler.

Deschel hob die Augenbrauen und sah ihn fragend an.

»Zum einen beschäftigt mich immer noch das Motiv dieses Pflegers, zum anderen frage ich mich, wie von Schlier von unserem Aufenthalt wusste«, fuhr Hiebler fort. »Hat er dir etwas gesagt? Zu dir kam er ja nach seiner Ankunft in Würzburg als Erstes.«

»Nein, das hat er nicht«, antwortete Deschel. »Er hat mich nur nach eurem Aufenthaltsort hier in der Stadt gefragt. Und den habe ich pflichtbewusst genannt.«

Hiebler nickte. »Dass wir nach Würzburg wollten, wussten meines Wissens nach nur von Feilitzsch, Therese, Franz und meine Wenigkeit. Die Leibwache war vom Minister nur informiert worden, dass sich der König für ein paar Tage in ärztliche Behandlung begibt – wo das sein sollte, wurde nicht erwähnt. Für Therese war es sehr wichtig, dass nur ein ganz kleiner Kreis informiert ist. Bleiben also nur ich selbst und Franz.«

»Spielt das denn jetzt überhaupt noch eine Rolle, woher der Major das wusste?«, fragte Deschel.

»Eigentlich nicht. Nur macht es mich stutzig«, antwortete Hiebler und dachte nach. Geistesabwesend strich er sich den Schnurrbart mehrmals mit Daumen und Zeigefinger seiner rechten Hand glatt.

»Ich werde jetzt in das alte Zollhaus gehen, mich waschen und rasieren«, sagte er schließlich und fuhr sich mit dem Handrücken über die Bartstoppeln unter dem Kinn. »Bei dieser Gelegenheit werde ich mich mit Franz unterhalten. Dich würde ich bitten, in die Irrenanstalt zu gehen. Sprich mit dem Pförtner, den Krankenschwestern, den anderen Pflegern und versuche, mehr über diesen Wilhelm zu erfahren. Wir treffen uns dann am Nachmittag in der Rotkreuzstraße und unterhalten uns gemeinsam mit Herrn Professor Rieger. Da gibt es auch noch ein paar Dinge, die ich von ihm wissen möchte.«

Deschel machte ein missmutiges Gesicht. »Muss das sein?«

»Friedhelm, du bist Chef der Würzburger Gendarmerie. Ich bitte dich. Geh jetzt da hin und erledige deine Pflicht. Morgen bist du uns alle wieder los.«

Eine Viertelstunde später erreichte Hiebler das Zollhaus in der Mergentheimer Straße.

Er öffnete die Eingangstür und horchte nach Geräuschen. Nichts! Es herrschte absolute Stille. Frau Deschel hat ihre Aufgaben schon erledigt, und Franz schläft tief und fest, dachte er sich. Leise ging er die Treppe hoch. Die Türen zu den drei Schlafräumen waren allesamt geschlossen. Hiebler ging in sein Zimmer. Er zog die getragenen Kleidungsstücke aus, wusch und rasierte sich, kramte aus dem Schrank frische Wäsche und zog sich an. Dann erinnerte er sich, dass er Franz mit der Frage konfrontieren wollte, ob nicht er das Geheimnis der Reise nach Würzburg verraten hätte. Er blieb vor dessen Zimmertür stehen und legte sein Ohr an die Tür. Nichts war zu hören, kein Schnarchen, kein Atmen, nichts.

»Herr Franz?«, fragte er leise und klopfte an die Tür.

»Sind Sie im Zimmer?«, fragte Hiebler ein weiteres Mal, nachdem keine Reaktion erfolgte. »Darf ich eintreten?«

Erneut blieb es still hinter der Tür.

Langsam drückte er die Klinke und öffnete die Tür einen Spalt. »Herr Fra-anz? Sind Sie da?«, fragte er und blickte in den Raum.

Er war leer. Auf dem ordentlich gemachten Bett stand eine gepackte Reisetasche. »Noch jemand, der sich auf die Rückreise vorbereitet«, murmelte Hiebler. »Im Gegensatz zu mir hat er sogar schon gepackt.«

Hiebler sah sich im Raum um und warf einen Blick auf die Tasche. Alles eingeräumt, wo wir doch erst morgen abreisen?, fragte er sich. Erneut sah er sich um, dann öffnete er die Tasche. »Na, mal sehen, was er so alles eingepackt hat«, flüsterte er und tastete sich vorsichtig durch den Inhalt. Zwischen Kleidungsstücken spürte er etwas anderes als Stoff. Er stutzte kurz, dann zog er ein zerknittertes Blatt Papier hervor.

Volk der Bayern! Erhebt euch!, stand in Druckschrift in großen Buchstaben in der ersten Zeile. Hiebler legte den Kopf zur Seite. »Hm, was haben wir denn da gefunden?«, fragte er sich und las weiter.

Erhebt Euch gegen die Wittelsbacher!

Eine Sippe Geisteskranker verwehrt, was Deutschland verlangt: das alte Reich wiederherzustellen und wie in den Tagen des Glanzes den siegreichen Führer der deutschen Heere, unseren Kaiser Wilhelm, als Oberhaupt auf den Schild zu heben.

Wir stehen am Anfang einer neuen Zeit. Kleinere Staaten sind ein zu enges Gefäß für die universellen Fragen, die uns beschäftigen, auch die der Arbeiter. Nur ein allgemeines deutsches Parlament kann der Kampfplatz sein, wo sie ausgetragen werden. Eine gemeinsame Politik der deutschen Völker ist der beste Bürge für die Möglichkeit einer ungetrübten organischen Entwicklung der einzelnen Stämme und Länder.

Bürger Bayerns! Unmündige und geisteskranke Könige der Wittelsbacher Sippe haben euch 14 Millionen Mark Schulden hinterlassen. Der greise Reichsverweser Luitpold steht an der Spitze eines darniederliegenden Landes.

Jetzt ist genug! Werft sie von ihrem Thron! Bayern erhebt euch! Schließt euch den Deutschnationalen an und huldigt nur dem einzig wahren deutschen Führer, unserem Kaiser!

Fassungslos las Hiebler das Pamphlet ein weiteres Mal. Dann faltete er das Blatt zusammen und steckte es in die Jacketttasche. »Franz, der treue Diener und Pfleger seiner Majestät, ein Deutschnationaler und Königsmörder?

Hat er mit Wilhelm gemeinsame Sache gemacht?«, murmelte er vor sich hin. »Oder war er es gar alleine? Wartet, bis Otto Fürstenried verlässt, um ihn dann für immer und ewig loszuwerden? Sagte Therese nicht etwas von einer Bedrohung im Schloss Fürstenried? War das nicht auch der Grund, warum sie heimlich nach Würzburg reisen wollte? Und statt der Gefahr zu entfliehen, haben wir sie quasi im Reisegepäck mitgenommen.«

Hiebler fuhr sich über die Haare, verließ das Zimmer und ging die Treppe runter. »Die Frage ist nur, wo Franz jetzt ist? Geflohen? Und seine Habseligkeiten? Packt alles in die Tasche, lässt sie dann aber zurück?« Er schob die Unterlippe nach vorne und schüttelte nachdenklich den Kopf. »Hm, zu viele Fragen. Ich muss Antworten finden.«

Kapitel zwölf

Mit schnellem Schritt ging Hiebler den Main entlang. Auf der Straße herrschte reges Treiben. Bauern, Winzer und Händler fuhren mit schweren, von dicken Kaltblütern gezogenen Karren in die Stadt, um ihre Waren an den Mann oder die Frau zu bringen. Auf dem Main fuhr ein Dampfschiff, das dicht mit laut muhenden Rindviechern beladen war. Nicht mehr weit, und das Schiff würde am Würzburger Hafen anlegen. Dann dürften sich die Tiere noch ein letztes Mal von der Anlegestelle bis zum Schlachthof etwas bewegen können, bevor sie dort von den Schlachtern mit ihren langen Messern erwartet wurden.

Hiebler ging viel durch den Kopf. Was hatte er noch Deschel vor ihrer Abreise versprochen? Dieses Mal würde es keine Verschwörungen, Anarchisten, Attentate oder Morde geben. Das waren seine Worte. Und jetzt – war es doch wieder dasselbe. Von wegen beschauliches Würzburg, dachte er sich. Beide, Deschel und Feilitzsch, hatten recht. Er sollte mit Therese so schnell wie möglich die Stadt verlassen und den verrückten König von Bayern in sein geschütztes Heim zurückbringen. Die alten Verhältnisse mussten wieder hergestellt werden. Alles andere würde zu Chaos und Unordnung führen, ein Zustand, der ihm so gar nicht gefiel. Therese sollte wieder ihre Forschungsreisen antreten und Deschel seine mainfränkische Ruhe finden. Er selbst freute sich auf sein Büro im Ministerium mit dem Bild des Prinzregenten an der Wand, der so vortrefflich das gelassene und friedliche Bayern verkörperte. Morgen geht es wieder nach Hause, dachte sich Hiebler. Und heute wird für Klarheit gesorgt.

Nachdem Hiebler die Klinik in der Rotkreuzstraße betreten hatte, führte ihn sein erster Weg direkt zum Pförtner. Der glatzköpfige Mann saß hinter einer Glasscheibe, welche die Pforte zum Empfang abgrenzte, und beschäftigte sich mit dem Sortieren der Post. Er schien alles andere als erfreut über Hieblers Auftreten zu sein.

Hiebler postierte sich vor dem Mann. »Entschuldigen Sie bitte«, sagte er.

»Sie schon wieder«, erwiderte der Pförtner als Begrüßung, ohne hochzusehen.

Hieber warf dem Mann einen missbilligenden Blick zu. »Na hören Sie mal«, begann er. »Ich erwarte von Ihnen keine Freundlichkeiten, sondern nur das, wofür Sie bezahlt werden.«

Der Pförtner sah genervt hoch. »Und, wie kann ich dem Herrn dann bitte helfen?«

»Zunächst muss ich Graf von Espen besuchen. Wenn Sie mir bitte Zugang zur Station verschaffen könnten? Anschließend brauche ich einen dringenden Gesprächstermin bei Herrn Professor Rieger.«

»Der Graf wurde entlassen. Vor etwa einer halben Stunde ging er mit seiner Gattin und in Begleitung des Mannes, der Wilhelm erschossen hat und seit Kurzem den Anzug gegen die Uniform eines Offiziers ausgetauscht hat«, begann der Pförtner gelangweilt.

»Entlassen? Jetzt schon?«, fragte Hiebler nach.

»So ist es«, erwiderte der Pförtner. »Über die medizinischen Hintergründe fragen Sie bitte den Herrn Professor. Diesen finden Sie in seinem Büro im Ambulanztrakt – hier durch den Korridor durch.« Der Pförtner beugte sich nach vorne und zeigte mit dem Finger in den Flur, in dem Wilhelm erschossen worden war. »Wundern Sie sich nicht, jemand von der Gendarmerie wartet dort bereits. Sie sind nicht der Einzige, der mit dem Professor sprechen möchte.«

Hiebler war kurz davor, sich zu bedanken, beließ es jedoch bei einem kurzen Nicken und machte sich auf dem Weg.

Durch das Vestibül des Klinikgebäudes ging er in Richtung des Korridors. Der lange, etwa zehn Meter messende Flur stellte eine Verbindung zwischen dem Hauptgebäude und dem Ambulanztrakt dar. Hiebler blieb am Eingang des Korridors stehen. Er versuchte zu rekapitulieren, wie gestern Pfleger Wilhelm erschossen wurde. Zunächst ging er langsam bis zum Ende des Flurs. Was sagte Friedhelm Deschel? Zwei Schüsse in den Rücken. Einer oder gar beide davon tödlich. Wilhelm musste nach vorne gefallen sein. Hiebler bückte sich und suchte auf dem Boden nach Blutspuren. Er fand nichts. Nachdem Wilhelms Leiche abgeholt worden war, musste jemand sorgfältig geputzt haben. Dann ging er wieder zurück und versuchte nun, von Schliers Position einzunehmen. Hiebler streckte Zeige- und Mittelfinger der rechten Hand und bildete eine imaginäre Pistole. »Halt! Stehen bleiben!«, sagte er. Dann hob er die Hand zur Decke, als ob er einen Warnschuss abgeben würde. »Peng«, murmelte er, dann erneut: »Halt! Bleiben Sie stehen!«

Er runzelte die Stirn und spitzte nachdenklich die Lippen. Hiebler legte den Kopf in den Nacken und sah hoch auf die Decke. Ziemlich genau über ihm war in der Decke ein tiefes Loch mit abgesplittertem Putz. »Der Warnschuss«, sagte er sich, schüttelte kurz den Kopf und ging durch den Flur in den Ambulanztrakt.

In dem Wartebereich vor Professor Riegers Zimmer saß bereits Deschel.

»Du bist schon da?«, wurde Hiebler von ihm begrüßt. »Dein Gespräch mit Franz scheint aber recht kurz gewesen zu sein.«

»Grüß dich, Friedhelm. Franz war gar nicht im Haus«, erwiderte Hiebler und setzte sich neben Deschel. »Was hast du herausgefunden?«

»Einiges, Georg. Aber zuallererst: Solltest du Seine Majestät besuchen wollen, bist du zu spät dran. Er wurde heute entlassen.«

»Das habe ich bereits mitbekommen«, sagte Hiebler.

»Du müsstest ihm fast begegnet sein«, fuhr Deschel fort. »Prinzessin Therese wollte mit ihm vor der Abreise noch die Stadt besichtigen. Ich soll dir ausrichten, dass sie am späten Nachmittag in der Mergentheimer Straße eintreffen werden. In ihrer ständigen Begleitung ist jetzt dieser Major. Er trägt mittlerweile auch Uniform, ganz zum Missbehagen von Prinzessin Therese. Otto scheint eine Heidenangst vor dem Major zu haben, und Königliche Hoheit befürchtet, dass der König …«, er machte eine kreisende Bewegung mit dem Zeigefinger vor der Schläfe. »Na, du weißt schon. Von Schlier lässt sich aber nicht davon abhalten. Ich kann nur hoffen, dass dieses Trio nicht zu viel Aufmerksamkeit oder Fragen hervorruft.«

»Dass von Schlier jetzt nicht mehr von der Seite des Königs weichen wird, war absehbar«, erwiderte Hiebler und nickte. »Was hast du über diesen Wilhelm herausgefunden?«

»Er muss ein schrulliger Einzelgänger gewesen sein, sagen zumindest die Krankenschwestern. Seine Arbeit erledigte er jedoch pflichtbewusst. Eine der Schwestern erwähnte auch, dass er öfters Gespräche sowohl mit von Schlier als auch mit dem Privatpfleger von König Otto, diesem Herrn Franz, geführt habe. Im Gegensatz zu dir hatten beide auch Zutritt zu der geschlossenen Station, angeblich auf Wilhelms Betreiben, um ihn bei der Arbeit zu entlasten.«

»Das heißt, dass sowohl Franz als auch von Schlier Zugang zu Ottos Zimmer hatten?«

»Scheint so zu sein«, antwortete Deschel. »Ob das mit Billigung des Professors erfolgte, wollte ich noch klären. Daher sitze ich hier und warte.«

»Wann wolltest du mit ihm reden?«, fragte Hiebler.

Deschel zog seine Taschenuhr hervor und klappte den Deckel auf. »Vor 20 Minuten sagte man mir, dass er in zehn Minuten Zeit hätte.«

Hiebler nickte. »Hast du etwas über Wilhelms politische Ansichten erfahren?«

Deschel steckte die Uhr wieder in die Tasche und schüttelte den Kopf. »Von den Schwestern gar nichts in der Richtung. Was jedoch alle berichteten, war, dass Wilhelm nicht besonders gut mit dem königlichen Patienten ausgekommen ist. Daher wollte er auch von Franz bei der Arbeit unterstützt werden. Vielleicht kann uns aber hier der Herr Professor ebenfalls weiterhelfen«, antwortete Deschel. »Hast du einen besonderen Verdacht, was seine politischen Ansichten betrifft?«

»Nicht direkt«, antworte Hiebler und knetete nachdenklich seine Unterlippe.

In diesem Moment öffnete Rieger die Tür. Er wirkte überarbeitet und müde. »Ah, Hauptwachtmeister Deschel, ich sehe, dass Sie Verstärkung bekommen haben«, sagte er mit Blick auf Hiebler. »Kommen Sie bitte herein.«

Er ließ die beiden eintreten und wies ihnen jeweils einen Stuhl vor dem Schreibtisch zu. Dann schloss er die Tür und ließ sich mit einem Seufzer in seinen Sessel auf der anderen Seite des Tisches plumpsen. »Bevor wir mit der Konversation anfangen, meine Herren, darf ich Sie eindringlich bitten, dass nichts von dem, was sich hier die letzten Tage und vor allem gestern ereignet hat, an die Öffentlichkeit gelangt«, begann er mit leiser, aber eindringlicher Stimme. »Wenn es bekannt wird, dass hier, in meiner Klinik, auf den König von Bayern ein Mordanschlag erfolgte, können Sie sich vorstellen, was das für Folgen haben wird. Kann ich daher mit Ihrer Verschwiegenheit rechnen?«

Hiebler sah kurz auf Deschel, der ihm zunickte. »Nichts anderes ist in unserem Interesse«, antwortete Hiebler. »Vorausgesetzt, dass Sie uns nach bestem Wissen und Gewissen die Wahrheit sagen.«

»Wie kann ich Ihnen helfen?«, fragte Rieger und atmete tief durch.

»Fangen wir zunächst mit dem Attentäter, diesem Wilhelm Köpke, an«, begann Deschel zu Hieblers Überraschung. »Was wissen Sie über ihn?«

Rieger zuckte mit den Schultern. »Nicht viel«, erwiderte er. »Er ist – ich meine, er war ein verlässlicher Mitarbeiter. Er war nie krank und erschien immer pünktlich zum Dienst. Vielleicht war er etwas still und verschlossen, was ich allerdings darauf zurückführte, dass er als Westfale in Würzburg nicht heimisch war und meines Wissens auch keine Familie hier hatte.«

»Hat er jemals politisiert oder hat er sich abfällig über die bayerische Monarchie geäußert?«, fragte Hiebler.

»Nicht dass ich wüsste«, antwortete der Professor.

Hiebler nickte und zog aus seiner Jackentasche das zusammengefaltete Flugblatt, welches er bei Franz gefunden hatte. »Sagt Ihnen das was?«, fragte er weiter und hielt Rieger das Blatt hin.

Der Professor nahm das Papier entgegen und las es durch. Dann schüttelte er den Kopf und reichte es an Hiebler zurück. »Na ja, mir ist selbstverständlich bekannt, dass es Wirrköpfe unter uns gibt, die ihre nationalliberale Gesinnung und Abneigung gegen die Wittelsbacher-Monarchie offen zur Schau tragen. Das Schreiben selbst kenne ich aber nicht und habe dergleichen hier in der Klinik auch nie gesehen.«

Hiebler nickte und steckte das Papier wieder in die Tasche. »Wie war das Verhältnis zwischen Seiner Majestät und Wilhelm?«, fragte er.

»Jetzt weiß ich, worauf Sie hinauswollen«, erwiderte Rieger. »Sie denken, dass Wilhelm ein Deutschnationaler war, der aufgrund seiner politischen Gesinnung den König vergiften wollte? Das Pamphlet haben Sie bei ihm gefunden, oder?«

»Mir wäre eine Antwort recht, Herr Professor«, hakte Hiebler nach. »Wie war das Verhältnis zwischen den beiden?«

»Na ja, König Otto konnte Wilhelm nicht leiden. Er verlangte von ihm, Majestät genannt zu werden und schien auch in gewisser Weise Angst vor ihm zu haben, was ich mir nicht erklären konnte. Ich dachte, dass dies auf des Königs Geisteskrankheit zurückzuführen sei. Mehr kann ich dazu nicht sagen. Wilhelm selbst hatte sich auch häufig gedrückt, wenn Arbeit im Zimmer des Königs anstand. So kam es mir zumindest vor.«

»Sie wussten, dass Wilhelm dem Major und Pfleger Franz Zugang zu der geschlossenen Station gewährt hat?«, fragte Deschel.

»Hat er das?«, antwortete Rieger ungläubig. »Nein, das wusste ich nicht. Das hätte ich auch auf keinen Fall zugelassen.«

Hiebler sah nun lange auf den Professor. Irgendetwas schien er zu verbergen. »Herr Professor Rieger«, begann er schließlich. »Bei allem Respekt, aber Sie erzählen uns nun ständig, dass Sie nichts von Wilhelms Machenschaften, geschweige denn seiner Gesinnung wussten. Wenn Ihnen so wenig bekannt ist, wissen Sie, was mir dann sehr merkwürdig vorkommt?«

Deschel schaute gespannt auf Hiebler. Rieger rutschte nervös auf seinem Stuhl hin und her.

»Nachdem Wilhelms Tabakbeutel unter Ottos Kopfkissen gefunden wurde, waren Sie sehr rasch nicht mehr ratlos. Sie äußerten sofort die Vermutung, dass Seine Majestät Tabak gegessen hätte. Wie kommt es, dass Sie so eine doch recht weit hergeholte, aber präzise formulierte Vermutung äußerten, wo Sie doch sonst eher vage mit Ihren Äußerungen sind?«

Rieger zögerte. Dann antwortete er leise: »Hubrich hat mir von dieser merkwürdigen Eigenschaft erzählt. Da schien mir der Verdacht mit der Tabakvergiftung nahezuliegen.«

»Wer bitte ist Hubrich?«, fragte jetzt Deschel.

»Doktor Hubrich ist Chefarzt der Irrenanstalt in Werneck. Er war bei der letzten Untersuchung Seiner Majestät im Frühjahr mit dabei und hat mir davon berichtet.«

»Wann und wo war die Untersuchung genau, und wann hat er Ihnen davon berichtet?«, fragte Hiebler nach.

»Die Untersuchung ist Teil der jährlichen, vom Landtag angeordneten Überprüfung des Gesundheitszustands des Königs. Sie findet immer im März oder April im Schloss Fürstenried statt. Erzählt hat mir der Kollege Hubrich davon, als er mich letzte Woche besucht hatte.«

»Letzte Woche?«, erwiderte Hiebler erstaunt. »Wann genau?«

»Das war letzten Dienstag, am Nachmittag«, antwortete Rieger. »Der Kollege Hubrich war hier in Würzburg für eine Lehrverpflichtung. Nach der Vorlesung kam er zu mir.«

»Und?«, fragte Deschel nach und machte eine auffordernde Handbewegung.

»Normalerweise reden wir über Neuigkeiten im Fachkollegium, über aktuelle Veröffentlichungen, über das Desinteresse der Studentenschaft oder auch über einzelne Patienten. Dieses Mal war es so, dass er mich sofort nach der Begrüßung fragte, ob mich König Otto gerade aufgesucht hätte. Ich war überrascht und verneinte dies natürlich – für mich war es ja der Graf von Espen.«

»Hat er Ihnen gesagt, wie er auf den Gedanken kam?«, fragte Hiebler.

»Ja, das hat er«, antwortete der Professor. »Er meinte, sicher zu sein, dass er Otto auf dem Weg aus der Klinik hat kommen gesehen. Dass er sogar fast mit ihm kollidierte.«

»Und dann?«, fragte Deschel.

»Ich habe ihm erneut versichert, dass es sich um eine Verwechslung handeln müsse. Dann hat er mir jedoch aus freien Stücken von seinem Erlebnis im März im Rahmen der Untersuchung erzählt. Die Ereignisse damals schienen ihn ziemlich beschäftigt zu haben. Anschließend rauchten wir noch gemeinsam eine Zigarre und amüsierten uns dabei über Hubrichs Erlebnis, der angeblich vom König mit einem Tabak-Brei-Gemisch beworfen wurde.«

»Haben Sie sich mit Wilhelm darüber unterhalten?«, fragte Hiebler.

»Nein, das habe ich nicht«, antwortete Rieger.

»Und hat sich Ihr Kollege danach nochmals nach dem König erkundigt?«, fragte Deschel.

Rieger schüttelte den Kopf. »Nein, das hat er nicht.«

Deschel blickte nachdenklich auf den Boden.

»Wissen Sie, ob es in der Wernecker Anstalt einen Fernsprechapparat gibt?«, meinte schließlich Hiebler.

»Ja, ich denke schon«, erwiderte Rieger. »Alle Kliniken Bayerns sind inzwischen damit ausgestattet. Wir übrigens auch.«

»Sehr gut, dann würde ich Sie bitten, jetzt in Werneck anzurufen und Ihren Kollegen zu verlangen«, sagte Hiebler und stand auf. »Ich hätte da noch eine Frage an ihn.«

Rieger zuckte mit der Schulter. »Gut, dann kommen Sie mit. Das Telefon ist im Pförtnerzimmer.«

Drei Minuten später standen sie gemeinsam vor dem Fernsprecher.

»Was hast du denn vor, Georg?«, flüsterte Deschel Hiebler ins Ohr, während Rieger auf seinen Gesprächspartner am anderen Ende der Leitung wartete. »Ich habe da so einen Verdacht, Friedhelm«, antwortete Hiebler ebenfalls flüsternd.

Nach einer weiteren Minute schien schließlich die Verbindung zu stehen. »Lieber Kollege Hubrich, hier ist Rieger aus Würzburg. Entschuldigen Sie bitte die Störung, aber hier ist ein Herr …«, Rieger stockte und drehte sich zu Hiebler. »Wie war noch mal Ihr Name?«

»Darf ich direkt mit dem Doktor reden?«, fragte Hiebler und ging auf Rieger zu. Er nahm ihm, ohne auf eine Antwort zu warten, zu dessen Verwunderung den Hörer aus der Hand und sprach in das Mikrofon des Fernsprechers. »Hier spricht Georg von Hiebler, Leiter des Nachrichtenbureaus im Innenministerium Seiner Majestät. Herr Doktor, ich habe nur eine kurze Frage zu Ihrem Aufenthalt hier in Würzburg vor einer Woche. Sie können sich erinnern?«

»J-ja«, antwortete Hubrich zögerlich.

»Gut! Herr Professor, Sie hatten recht, König Otto war tatsächlich in Würzburg – allerdings unter anderem Namen. Haben Sie neben Herrn Professor Rieger von Ihrer vermeintlichen Begegnung mit Majestät auf dem Weg in die Klinik noch einer anderen Person von Ihrem Verdacht erzählt?«

»J-ja, ich denke, dass ich diesen Pfleger – kleine, schwache Statur, Fistelstimme mit westfälischem Akzent – ebenfalls gefragt habe, ob das König Otto war, der das Gebäude gerade verlassen hatte.«

»Und was war die Antwort?«

»Die Antwort war nein! Was mich sehr verwunderte, da ich mir sicher war, dass es Seine Majestät war. Wissen

Sie, ich vergesse leicht Namen, aber Gesichter merke ich mir. Die Sache hat mir dann keine Ruhe gelassen. Ich ließ mir eine Fernsprechverbindung nach Fürstenried geben, um mit dem wachhabenden Kommandanten zu sprechen.«

»Wer war das?«

»Oberst Gattlinger. Ich kannte ihn noch von meinem Besuch im Frühjahr.«

»Was haben Sie ihm gesagt?«

»Nun, ich habe ihm gesagt, dass ich mir sicher sei, König Otto gerade in einer Irrenanstalt in Würzburg gesehen zu haben und ob das denn zutreffen könne?«

»Und was war die Antwort des Obersts?«

»Die Antwort war erneut ein Nein. Ich müsse mich geirrt haben. Dann habe ich mich bedankt, habe aufgelegt, und die Sache war für mich erledigt.«

»Hat Sie nach diesem Gespräch noch mal jemand diesbezüglich kontaktiert?«

Hubrich machte eine längere Pause. Er schien nachzudenken. »Ja, zu meiner Verwunderung hat mich Oberst Gattlinger am nächsten Tag in der Klinik angerufen.«

»Und?«, fragte Hiebler.

»Na ja, alles wirkte irgendwie merkwürdig auf mich. Gattlinger hat mich gefragt, ob ich der behandelnde Arzt wäre, sollte sich Seine Majestät doch in Würzburg in stationäre Betreuung begeben haben. Ich antwortete ihm, dass dies der Herr Kollege Rieger im Klinikum in der Rotkreuzstraße übernehmen würde. Dann legte der Oberst zu meiner Verwunderung auf. Mehr gibt es zu dieser Sache beim besten Willen nicht zu berichten, aber können Sie mir jetzt bitte sagen ...«

»Vielen Dank, Herr Doktor! Sie haben mir sehr geholfen«, unterbrach Hiebler den Doktor am anderen Ende der Leitung und legte auf.

Er strich seinen Schnurrbart glatt und starrte nachdenklich ins Leere.

»Komm, Friedhelm, gehen wir«, sagte er schließlich zu Deschel. Und mit dem Anflug eines Lächelns zu Rieger: »Und bei Ihnen, Herr Professor, möchte ich mich für die Kooperation bedanken.«

Mit einem verwirrten Deschel im Schlepptau strebte Hiebler dem Ausgang der Klinik zu.

»Und nun?«, fragte Deschel, als sie beide das Gebäude verlassen hatten.

»Ich glaube, dass ich nun weiß, wer der Drahtzieher des Attentats ist«, antwortete Hiebler.

»Ich dachte, dass Wilhelm der Schuldige ist«, sagte Deschel. »Und gerade eben haben wir doch auch erfahren, dass er durch einen Zufall von Ottos Anwesenheit in Würzburg erfahren hat.«

»Mag sein, Friedhelm. Aber er war es nicht allein. Otto hat sicherlich nicht freiwillig Giftpilze gegessen. Jemand muss Wilhelm dabei geholfen haben. Ich glaube, es gibt noch eine Person im Hintergrund, von der weiter eine Gefahr für Seine Majestät ausgeht.«

»Und wer soll das sein?«

»Ich bin mir noch nicht 100-prozentig sicher, Friedhelm«, antwortete Hiebler und lächelte. »Lass mich noch in Ruhe bei einem Spaziergang nachdenken. Ich würde es jedoch sehr begrüßen, wenn wir uns um 17 Uhr in dem Haus in der Mergentheimer Straße treffen könnten. Vorab würde ich dich bitten, weitere Informationen über Wilhelm zu sammeln. Er muss Mitglied in einer Partei oder Organisation gewesen sein, die das bayerische Königshaus stürzen möchte.« Hiebler zog das Flugblatt aus seiner Jackettasche, welches er bei Franz gefunden hatte. »Hier! Nimm dieses Pamphlet als Anlass zu suchen«, sagte er und gab Deschel das Papier. »Du kennst deine Stadt. Ich bin mir sicher, dass du die Quelle des Flugblatts rasch ermitteln kannst.«

Deschel entfaltete das Papier und überflog es. Dann steckte er es ein. »Deutschnationale!«, erwiderte er. »Ich kann mir schon vorstellen, wer da dahintersteckt. Wird aber etwas dauern, Georg.«

»Versuch es einfach, du hast noch zwei Stunden. Dann treffen wir uns im Zollhaus. Ginge das bei dir? Es wäre wichtig.«

Deschel warf einen Blick auf seine Taschenuhr. »Zwei Stunden? Na ja, müsste schon irgendwie gehen.«

»Sehr gut«, erwiderte Hiebler. »Dann treffen wir uns später dort. Es kann sein, dass du heute Abend noch jemanden verhaften musst.«

Kapitel dreizehn

AM SPÄTEN NACHMITTAG erreichte Hiebler das alte Zollhaus, welches sie nun schon seit zehn Tagen als Unterkunft genutzt hatten. Erneut fiel ihm auf, wie herrlich die ockerfarbenen Hauswände mit den Holzbalken farblich in die Landschaft des Steinbachtals passten.

»Gott zum Gruße!«, wurde er von Major von Schlier empfangen, der in voller Uniformmontur entspannt auf der Bank vor dem Haus saß. Sein Säbel baumelte neben ihm. Er hatte sich weit zurückgelehnt und die Beine ausgestreckt. Genüsslich paffte er eine *Virginia*-Zigarre.

Hiebler nickte ihm zu und bewegte sich wortlos zur Eingangstür.

»Warum so griesgrämig, Herr von Hiebler?«, fuhr der Major fort. »Setzen Sie sich zu mir. Genießen wir die letzten wärmenden Sonnenstrahlen. Die Tage werden jetzt zunehmend kürzer, und bald ist wieder Winter. Zigarre gefällig?«

Von Schlier holte aus der Brusttasche seiner blau leuchtenden Uniformjacke eine weitere *Virginia* hervor und hielt sie Hiebler breit grinsend hin.

»Vielen Dank!«, antwortete Hiebler. »Aber ich rauche nicht.«

»Na gut, auch recht«, erwiderte von Schlier und steckte die Zigarre wieder in die Tasche. »Wenn Sie den Rest der Truppe suchen, die sind alle im Haus.«

»Franz auch?«, erkundigte sich Hiebler.

»Der auch. Er kam vor etwa einer halben Stunde zurück. War angeblich den ganzen Tag im Steinbachtal wandern. Als er hier auftauchte, hatte er in einem Korb sicher vier Pfund Steinpilze dabei. Sollten Sie ihn suchen, wird er in der Küche sein und die Pilze für das Abendessen putzen.«

Hiebler stutzte. »Pilze? Das erscheint mir etwas unpassend nach den jüngsten Ereignissen.«

Von Schlier begann laut zu lachen. »Ha! Das machen Sie mal mit ihm aus. Obwohl ich selbst sagen muss, dass ich noch nie von einer Steinpilzvergiftung gehört habe. Sie etwa? Was mich allerdings sehr beeindruckt hat, waren die Kenntnisse von Prinzessin Therese. Sie wusste sogar die lateinischen Namen der infrage kommenden Giftpilze. Königliche Hoheit wird doch nicht selber dahinterstecken, oder?«

»Wo sind Prinzessin Therese und König Otto jetzt?«, fragte Hiebler weiter, ohne auf von Schliers Kommentar einzugehen.

Schliers dauerhaftes Lächeln verschwand aus seinem Gesicht. »Er schläft, und sie packt die Reisetaschen«, antwortete er lapidar.

Hiebler nickte und ging zur Haustür.

»Ach, Herr von Hiebler! Warten Sie doch noch mal einen Moment!«, rief plötzlich von Schlier und erhob sich von der Bank.

Hiebler blieb stehen und wandte sich dem Major zu. »Ja, was gibt es?«

»Sagen Sie mal – so unter uns – was halten Sie eigentlich von der ganzen Sache? Da liegt am helllichten Tag ein verrückter König im Bett, der wirres Zeug von sich gibt. Und im gleichen Raum lebt und schläft die eigene Cousine, die sich auch noch als seine Gattin ausgibt. Das ist doch Inzest, Sodomie, Sünde und definitiv nicht normal?«

»Hm, normal ist es in der Tat nicht«, antwortete Hiebler leise.

»Sehen Sie! Und nicht nur das. Das sind nicht zwei gewöhnliche Bauern oder Tagelöhner. Beide sind Wittelsbacher und somit aus dem Herrschergeschlecht, welches für Bayerns Wohl sorgen sollte. Wenn Sie mich fragen, ist das eine Schande. Die anderen Länder, und vor allem die Preußen, machen sich lustig über uns.« Von Schlier ging einen Schritt auf Hiebler zu. »Wollen wir, wollen Sie das einfach so hinnehmen?«

Hiebler sah dem Major lange in die Augen.

»Wir beide, Sie und ich, sind Beamte und Diener des Königreichs Bayern. Wir haben unsere Pflicht zu erledigen«, antwortete er. Dann wandte er sich ab und ging ins Haus.

Als Hiebler durch den Flur Richtung Treppe ging, hörte er Geräusche aus der Küche und eine Männerstimme, die ein Lied summte. Das scheint tatsächlich Franz zu sein, der gut gelaunt Pilze zubereitet, dachte sich Hiebler und schüttelte den Kopf.

Er ging die Treppe hoch. Die Tür zu Thereses und Ottos Zimmer war geschlossen. Vorsichtig klopfte er an.

Nach einer Weile wurde vorsichtig die Tür geöffnet. Durch den Spalt lugte Therese. Als sie Hiebler sah, erschien ein sanftes Lächeln auf ihrem Gesicht. »Georg! Wie schön, Sie zu sehen«, sagte sie leise. »Geht es Ihnen wieder gut?«

»Vielen Dank! Ja, es geht mir gut«, antwortete Hiebler. »Und pardon, sollte ich mich gestern unpassend verhalten haben.«

Therese schüttelte kurz den Kopf. »In keiner Weise haben Sie sich danebenbenommen. Sie sind ein Held. Ohne Sie wäre Otto tot.« Dann drehte sie sich kurz um und warf einen Blick ins Zimmer. »Ich glaube, er schläft jetzt«, flüsterte sie. Therese öffnete die Tür weiter, um in den Flur zu kommen. In diesem Moment warf Hiebler einen kurzen Blick ins Zimmer. Er sah Otto mit Stiefeln an den Füßen im Bett liegen. Therese überlegte kurz, die Tür zu schließen, entschied sich dann jedoch, sie einen kleinen Spalt offen zu lassen. »So bekomme ich mit, falls etwas sein sollte«, sagte sie zu sich selbst. Dann wandte sie sich an Hiebler. »Wissen Sie, Georg, leider hört Otto wieder Stimmen. Und nicht nur das, er kratzt sich an den Armen und weigert sich, die Schuhe auszuziehen.« Therese seufzte tief. »Es war alles so gut. Ich hatte große Zuversicht. Und nun ist es wieder genauso wie am Anfang.«

Hiebler nickte verständnisvoll. »Das tut mir sehr leid.«

Thereses Augen füllten sich mit Tränen. »Das braucht es nicht. Otto ist mir der liebste Mensch. Er ist wichtiger als alles andere auf der Welt – trotz seiner Krankheit. Die Hauptsache ist, dass er lebt, und dafür werde ich Ihnen, Georg, immer zu Dank verpflichtet sein.«

Hiebler blickte betreten zu Boden und verbeugte sich. »Es ist mir eine Ehre, Königliche Hoheit«, erwiderte er leise.

»Mich ohne Titel anzusprechen, werden Sie aber wohl nicht mehr lernen, oder?«, sagte Therese lächelnd.

Hiebler sah sie an und erwiderte ihr Lächeln. »Prinzessin Therese, ich bin eigentlich hier, um Ihnen mitzuteilen, dass ich mit dem Innenminister gesprochen habe. Er wünscht, dass wir unverzüglich, das heißt, mit dem Zug morgen Vormittag, nach München zurückkehren. Das Risiko ist zu groß, hier in Würzburg zu bleiben.«

»Nichts anderes habe ich erwartet«, erwiderte Therese. »Ist wohl auch besser so. Wenn wir zurück sind, werden Otto und ich versuchen, noch ein paar Tage in Hohenschwangau zu verbringen. Anschließend steht meine nächste Reise nach Griechenland an.«

Hiebler nickte. »Dann werde ich mich um die entsprechenden Abreiseformalitäten kümmern«, sagte er und sah erneut betreten auf den Boden.

»Schön!«, erwiderte Therese. »Gibt es sonst noch etwas? Sie wirken bekümmert.«

Er sah sie lange an und schien nachzudenken.

»Nun, es gibt da noch ein paar Aspekte, die ich gerne vor unserer Abreise morgen klären möchte«, begann er schließlich zögerlich. »Ich fürchte, dass die Gefahr für Seine Majestät nicht aus der Welt ist, dass sie sogar hier, in König Ottos unmittelbarer Umgebung, sehr präsent ist.«

Therese sah ihn fragend an. »Aber dieser Pfleger Wilhelm …?«

»Ist tot«, ergänzte Hiebler. »Und war sicher an diesem niederträchtigen Attentatsversuch beteiligt. Dennoch denke ich, dass, solange König Otto nicht in Schloss Fürstenried untergebracht ist, weiterhin ein gewisses Risiko besteht. Dieser Wilhelm muss einen Komplizen gehabt haben.«

Hiebler zog aus seiner Westentasche die Uhr heraus. Er klappte den Deckel auf, las die Uhrzeit und schob die goldene Taschenuhr wieder ein. »Wenn er pünktlich ist, kommt gleich Friedhelm Deschel, der Chef der Würzburger Gendarmerie. Es gilt, noch ein paar Gespräche zu führen, von denen ich mir Klarheit erhoffe und gegebenenfalls auch Beistand der Gendarmerie benötige.«

»Sie machen mir Angst, Georg«, sagte Therese.

»Das bedaure ich sehr. Aber Sie können sich sicher noch an unsere erste Begegnung im Ministerium erinnern?«, fragte Hiebler. »Sie erwähnten, dass sich Otto bedroht fühle, stimmt das?«

»Ja, das ist richtig«, antwortete Therese.

»Ich denke, dass ich inzwischen weiß, wer dafür verantwortlich ist.«

»Und wer soll das sein?«

»Kommen Sie mit hinunter in die Wohnstube. Wenn alles so läuft, wie ich es mir vorstelle, werden wir es in einigen Minuten wissen.«

Kapitel vierzehn

D‍ESCHEL ERREICHTE DAS Zollhaus um kurz nach 17 Uhr. Major von Schlier saß immer noch auf der Bank und nahm mit Verwunderung den Besuch wahr. »Ich bin hier, um die Miete für das Haus und den Sold für die Dienste meiner Frau abzuholen«, sagte Deschel ungefragt und klopfte an die Tür.

Hiebler schien ihn bereits erwartet zu haben und öffnete nur Sekunden später. »Danke fürs Kommen, Friedhelm«, begrüßte er den Gendarmen und bat ihn ins Haus.

»Herr Major«, rief er durch die noch geöffnete Tür von Schlier zu. »Wenn Sie auch hereinkommen? Ich würde um eine gemeinsame Unterredung bitten.«

Eine Minute später saßen Therese, Franz und der Major an dem runden Tisch in der Wohnstube. Hiebler blieb davor stehen, Deschel hielt sich ihm Hintergrund auf.

»Prinzessin Therese, die Herren«, begann er. »Bevor wir zum Abendessen schreiten, bitte ich Sie um Ihre Aufmerksamkeit. Wir alle waren Zeugen eines gemeinen Mordanschlags auf Seine Majestät. Er liegt oben in seinem Zimmer und schläft. Viel hat nicht gefehlt und er wäre jetzt als Leiche aufgebahrt. Nur in letzter Sekunde konnte König Otto gerettet werden. Aufgrund dieser Tatsache hat der Herr Minister, seine Exzellenz Freiherr von Feilitzsch, befohlen, dass wir alle sofort mit dem nächsten Zug nach München zurückkehren sollen.«

»Wieso?«, fragte von Schlier. »Die Gefahr ist gebannt. Der Attentäter ist doch erledigt. Ich selbst habe die feige Kanaille auf der Flucht erschossen.«

»Unterbrechen Sie mich nicht, Herr Major«, erwiderte Hiebler zornig. »Und auf die Erschießung des Pflegers Wilhelm werde ich in wenigen Augenblicken im Detail eingehen.«

Hiebler wandte sich kurz ab und ging zwei Schritte, um sich wieder zu sammeln. »Wir müssen schnellstmöglich zurück nach München, da weiter Gefahr besteht. Der Grund ist, dass es sich bei dem Attentat um einen politisch motivierten Gewaltakt handelte.«

»Wer tötet einen König, der unmündig ist und nicht mal im Ansatz an der Regierung beteiligt ist? Der oberste Repräsentant Bayerns ist der Prinzregent Luitpold – nicht dieser Verrückte da oben, der nicht mal in der Lage ist, vor dem Zubettgehen seine Stiefel auszuziehen«, ging von Schlier dazwischen.

»Herr Major, ich bitte Sie!«, fuhr Therese wütend auf.

Hiebler sah zunächst auf den Major. Dann zog er lächelnd aus seiner Westentasche eine Münze heraus und warf sie auf den Tisch. »Sehen Sie nach, wer darauf abgebildet ist«, sagte er. »Sie, Prinzessin Therese, brauchen nicht zu antworten.«

Während der Major sich zurückhielt, nahm Franz die Münze. »›König Otto I.‹ steht auf einer Seite mit seinem Abbild aus jüngeren Jahren.«

»So ist es. Der Prinzregent regiert, aber der König Bayerns ist der Mann, der im ersten Stock im Bett liegt«, sagte Hiebler. »An Ottos Geburtstag werden die Fahnen gehisst, und in unserer Hymne wird ›Heil unserm König, Heil‹ gesungen. Stellen Sie sich vor, was die Folgen eines gelungenen Attentats auf Seine Majestät gewesen wären: Chaos und eine Verfassungskrise. Ein Szenario, wie es sich all die nur wünschen würden, für welche der Hohenzoller Kaiser wichtiger als der Wittelsbacher König ist.«

Nachdenklich ging er wieder ein paar Schritte durch die Wohnstube. Dann blieb er bei Deschel stehen. »Friedhelm, sei doch bitte so nett und gib mir das Flugblatt.«

Deschel nickte und holte aus der Innentasche seiner Uniform das zusammengefaltete Papier hervor, welches ihm Hiebler wenige Stunden zuvor überreicht hatte.

Hiebler nahm das Blatt, entfaltete es und legte es auf den Tisch. »Bitte lesen Sie es.«

Franz nahm es als Erster. Beim Lesen des Titels wurde er knallrot und reichte es an Therese weiter. Hiebler ging währenddessen scheinbar desinteressiert im Zimmer auf und ab. Während von Schlier das Flugblatt las, blieb Hiebler stehen und begann zu reden. »Dies ist ein übles Pamphlet einer Gruppe von Deutschnationalen, die ungehemmt und auf infamste Weise zum gewaltsamen Sturz der bayerischen Königsfamilie aufruft.«

Nachdenklich strich er sich den Schnurrbart glatt.

»Herr Hauptwachtmeister Deschel kann uns sicherlich ein paar Informationen zur politischen Gesinnung von Wilhelm Köpke geben. Oder, Friedhelm?«

Deschel stutzte kurz. »Ja, das kann ich definitiv«, begann er schließlich. »Die Gendarmerie Würzburg hat ermittelt. Wilhelm Köpke war ein Deutschnationaler. Als er als Westfale neu in die Stadt kam, gründete er einen evangelischen Jünglingsverein. Dieser Verein war eine Tarnorganisation. Rasch war die Gruppierung ein Sammelbecken kaisertreuer, gewaltbereiter Agitatoren mit einem nicht erklärbaren Hass auf die katholisch-bayerische Herrscherfamilie. In Wilhelm Köpkes Zimmer lagerten mehrere 100 Exemplare des Pamphlets. Das ganze Agitatorennest dieses sogenannten Vereins wird im Moment von meinen Gendarmen ausgehoben.«

Teils überrascht, teils erfreut blickte Hiebler auf Deschel. »Danke, Friedhelm. Das war gute Arbeit!« Dann wandte er sich wieder den drei am Tisch sitzenden Personen zu. »Gefunden habe ich im Übrigen dieses Exemplar nicht bei Wilhelm Köpke. Es lag unter einem Kleiderstapel in Ihrer Tasche, Herr Franz!«

Entrüstet sahen Therese und von Schlier auf den bulligen Pfleger. Therese rutschte instinktiv einen halben Meter weg von ihm. Major von Schlier griff nach seinem Revolver, der in einem Halfter an der Seite baumelte. »Wie konnten Sie nur! Sie Schwein!«, zischte er. »Wahrscheinlich hatten Sie vor, uns heute Abend mit Ihren Pilzen zu vergiften. Ich verhafte Sie hiermit …«

»Moment«, unterbrach ihn Hiebler. »Verhaften tut hier nur der Gendarm. Keine Schnellschüsse, im wahrsten Sinne des Wortes. Franz, was können Sie uns zu dem Flugblatt sagen?«

Dem Pfleger brach der Schweiß auf der Stirn auf. Er wusste nicht, wo er hinschauen sollte, und wurde knallrot im Gesicht. »Ich ... was ... woher ... wie ... kommen Sie dazu ... meine Sachen zu durchwühlen?«, stammelte er.

»Dann geben Sie also zu, dass das Pamphlet Ihnen gehört?«, fragte Hiebler nach.

»Ich ... ja ... aber ... es ist nicht von mir und entspricht auch nicht meiner Meinung«, antwortete er und wischte sich mit dem Handrücken den Schweiß von der Stirn. Dann sah er auf Therese. »Königliche Hoheit, Sie kennen mich. Seit vielen Jahren kümmere ich mich um Otto. Wir sind quasi Freunde. Ich würde nie – nicht einmal im Ansatz – ihm Böses antun wollen. So glauben Sie mir doch.«

Therese sah weiter skeptisch auf den Pfleger.

»Woher haben Sie dann das Flugblatt her?«, fragte Deschel.

»Dieser Wilhelm war es«, erwiderte Franz. »Er hat mir das in die Hand gedrückt. Er meinte, ich solle mir mal überlegen, ob ich auf der richtigen Seite stehe und was ich denn davon halte, wenn die Wittelsbacher das bayerische Volk verarmen lassen, während Preußen gedeiht. Wissen Sie, ich ... ich ... ich bin kein politischer Mensch. Mach nur meine Arbeit. Aber dieser Wilhelm ...«

»Wann hat er Ihnen das Flugblatt überreicht?«, fragte Hiebler.

»In der Nacht vor der Vergiftung. Er ließ mich oft die Station betreten, damit wir Otto gemeinsam pflegen konnten. Otto schien irgendwas gegen Wilhelm zu haben. Da hat er mich halt in die Station reingelassen. Wir haben Otto rasiert, gewaschen und mit frischer Wäsche versorgt. Und da sind wir eben ins Gespräch gekommen. Ich habe diesen Wisch da«, er zeigte jetzt wütend auf das Flugblatt, »nur mitgenommen, damit er mit seinem politischen Schmarrn endlich aufhört. Bitte, so glauben Sie mir doch!«

Erneut sah er flehend zunächst auf Hiebler und dann auf Therese.

»Und die Pilze?«, fragte jetzt von Schlier.

»Die Steinpilze? Ja, warum soll ich denn nicht Steinpilze mitnehmen, wenn ich beim Wandern auf ein ganzes Nest davon stoße?«, erwiderte Franz.

»Als Sie in der Nacht Zugang zur Station hatten«, fragte Hiebler weiter, »haben Sie da den König gemeinsam mit Wilhelm über diesen Schlauch zwangsernährt?«

»N-nein! Um Gottes willen, sicher nicht. Ich schwöre es!«

»Hm, außer Lippenbekenntnissen können Sie aber nur wenig greifbare Gegenargumente liefern«, fuhr Hiebler fort. »Aber lassen wir es vorerst mal dabei. Kommen wir zu einer anderen Frage, die ich gerne an Sie alle richten möchte: Woher wusste Wilhelm, dass der Graf von Espen in Wahrheit König Otto war?«

»Weil Majestät ihm das selbst gesagt hat?«, erwiderte Franz.

»Würden Sie mir glauben, wenn ich behaupten würde, Kaiser Wilhelm zu sein, auch wenn mein Schnurrbart ähnlich dem des Kaisers ist? Wohl kaum. Ich bin kein Arzt, aber soweit ich das verstehe, neigen Geisteskranke zum Größenwahn. Sie denken oft, dass sie wichtige Persönlichkeiten sind. Dies ist Teil der Erkrankung. Erfahrene Pfleger wie Sie, Franz, wissen das. Nein, Herrschaften, Wilhelm muss Verbündete gehabt haben. Personen, die ihm die Identität Ottos glaubhaft versichert und ihm bei der Vergiftung geholfen haben. Wer könnte das sein?«, fragte er und ging wieder ein paar Schritte auf und ab. »Von der Reise nach Würzburg wussten nur Prinzessin Therese, der Minister, ich selbst und ... eben Franz. Wer von uns hat das Geheimnis also Wilhelm weitergegeben und ihn zu seinem Komplizen gemacht?«

Hiebler blieb stehen und blickte in die Runde.

»Also, für mich reicht die Beweislage. Und jedes Gericht würde mich dabei bestätigen«, sagte von Schlier. Dann sah er auf Franz. »Sie sollten nun endlich gestehen. Machen Sie es nicht noch schlimmer.«

Franz vergrub sein Gesicht in den Händen und schüttelte verzweifelt den Kopf. »Ich war es nicht. Bei allen Heiligen und der Jungfrau Maria, so glauben Sie mir doch, dass ich unschuldig bin.«

Von Schlier schlug plötzlich mit der flachen Hand auf den Tisch. »Ich ertrage dieses Gejammer nicht. Warum wird dieses Subjekt nicht verhaftet und abgeführt?«, fragte er Deschel. »Herr Hauptwachtmeister, nun erledigen Sie endlich Ihre Pflicht.«

Deschel ging einen Schritt nach vorne.

»Moment, Friedhelm«, bremste ihn Hiebler. »Wir sind noch nicht fertig. Ich hätte gerne noch ein paar Antworten auf Fragen. Und zwar würde ich Sie, Herr Major von Schlier, um Stellungnahme bitten.«

Hiebler stellte sich direkt vor den Major. »Auch wenn der Täter – oder das Tätergespann – nun scheinbar feststehen, würden mich doch noch ein paar Dinge interessieren.«

»Was wollen Sie? Was soll das?«, fragte von Schlier genervt.

»Nun, vielleicht können Sie uns zunächst mitteilen, warum Sie gestern am frühen Nachmittag nochmals in die Anstalt gingen, obgleich ich Sie doch als Wachhabenden abgelöst hatte?«

Von Schlier sah Hiebler wütend an.

»Warum antworten Sie nicht auf meine Frage?«, hakte Hiebler nach.

»Ich dachte, dass ich etwas vergessen hätte – meine Lesebrille. Später habe ich sie dann aber doch in der Jackentasche gefunden«, erwiderte der Major schließlich.

»Hm, etwas vergessen?«, fuhr Hiebler fort. »Kann es nicht vielleicht auch sein, dass Sie sich vergewissern wollten, dass Seine Majestät tot ist, da Sie selbst an seiner Vergiftung mit beteiligt waren?«

Therese und Franz starrten mit offenem Mund auf den Major. Von Schlier selbst blickte kurz auf den Tisch, dann wandte er sich an Hiebler. »Sie müssen verrückt sein, so etwas zu denken. Was bilden Sie sich eigentlich ein?«

»Na ja, ich gehe nun mal alle Optionen durch, Herr von Schlier. Dies ist eine davon. Sie hatten den ganzen Vormittag und Mittag während Ihrer Wache die Gelegenheit, den König mit Pilzen, die Sie tags zuvor gesammelt hatten, zu vergiften«, antwortete Hiebler gelassen. »Und Wilhelm war eben ihr Helfer. Einer von Ihnen beiden hat den König festgehalten, während der andere über diese seltsame Apparatur, den Schlauch mit Trichter, ihm das tödliche Mahl eingeflößt hat.«

Von Schlier schüttelte den Kopf. »Sie haben eine blühende Fantasie. Aber dann erklären Sie mir doch bitte, wie ich auf die abgeschlossene Station gekommen bin?«

»Sie wurden genauso wie Franz von diesem Wilhelm auf die Station gelassen«, sagte Deschel. »Dies hat mir Schwester Agathe berichtet.«

»Und nicht nur das«, ergänzte Hiebler. »Schwester Katharina hatte Probleme gehabt, den Schlauch zu finden. Es musste folglich jemand, der ihn vorher benutzte, Schlauch und Trichter verräumt haben. Das waren Sie, Herr Major, oder etwa nicht?«

»Hören Sie auf! Dafür haben Sie keinerlei Beweise. Sie sind ja verrückt«, antwortete von Schlier.

»Und genau aus diesem Grund, um eben die Beweise zu vernichten, haben Sie Ihren Komplizen beseitigt. Sie nutzten spontan Wilhelms überhastetes Verschwinden und haben ihn erschossen. Die Gelegenheit war gut, alle Spuren zu verwischen und gleichzeitig einen Sündenbock zu haben. Aber das, Herr von Schlier, war Mord – nichts anderes!«

Therese stand erschrocken auf. Sie ging um den Tisch herum und stellte sich ängstlich neben Hiebler. »Wie konnten Sie nur, Herr Major? Sie haben einen Eid auf die bayerische Krone geschworen!«

»Prinzessin Therese, Königliche Hoheit, bitte glauben Sie nicht diesem Mann«, erwiderte von Schlier. Ähnlich wie zuvor bei Franz, standen nun ihm die Schweißperlen auf der Stirn. Nervös strich er sich durch den langen Bart. »Herr von Hiebler ist krank, geistesgestört. Das sind infame Lügen. Nichts davon ist wahr. Ich wollte diesen Wilhelm stellen. Zunächst habe ich einen Warnschuss abgegeben. Erst als er weitergelaufen ist, habe ich auf ihn geschossen – musste ich auf ihn schießen. Hierfür gibt es eindeutige Belege. Sie können das Einschussloch in der Flurdecke überprüfen.«

Hiebler lächelte schmallippig. »Wie viele Schüsse haben Sie auf Wilhelm abgefeuert?«

»Einen? Zwei? Was weiß ich?«, erwiderte von Schlier.

»Es waren zwei auf den Täter und einer in die Decke, stimmt das?«, fragte Hiebler erneut.

»J-ja, ich denke schon.«

»So ist es, Herr Major«, sagte Hiebler und begann wieder auf und ab zu gehen. »Ich habe mir den Einschuss und den Ort, wo geschossen wurde, nochmals angesehen. Der Korridor vom Vestibül der Klinik zum Ambulanztrakt ist maximal zehn Meter lang. Es ist nicht vorstellbar, dass trotz Ihres Warnschusses Wilhelm weitergelaufen ist. Er müsste sich im Schneckentempo, nur etwa acht Meter vor Ihnen, weiterbewegt haben. Und war da nicht noch etwas? Wir alle, die Prinzessin, Professor Rieger und ich können uns genau an die Geräusche erinnern. Wir hörten Sie schreien, dann folgten mit unmittelbaren Abstand zwei Schüsse und nach einer Pause ein dritter Schuss. War es nicht so?«, fragte Hiebler mit Blick auf Therese und Franz. Dann wandte er sich wieder an von Schlier. »Ich sage Ihnen, wie es sich in Wirklichkeit zugetragen hatte. Sie haben zweimal aus relativ kurzer Distanz Wilhelm in den Rücken geschossen und danach, ich betone *danach*, in die Decke gefeuert. Wir alle hörten ein *PENG, PENG ... PENG*, und nicht *PENG ... PENG, PENG*. Ein kleines, aber wichtiges Missgeschick, das Ihnen da unterlaufen ist.«

Von Schlier starrte Hiebler zornig an. »Sie sind eine miese Kanaille, Hiebler«, giftete er. »Aber Sie können behaupten, was Sie wollen. Beweisen können Sie nichts, gar nichts. Außerdem, selbst wenn ich der Täter wäre, woher sollte ich diesen Pfleger Wilhelm, meinen angeblichen Komplizen, gekannt haben? Es gibt keine Zusammenhänge, keine Beweise, kein Motiv.«

Hiebler strich sich nachdenklich den Schnurrbart glatt. »Die Frage nach der Zusammenkunft mit Wilhelm und dem Motiv hat mich in der Tat auch intensiv beschäftigt. Ich fragte mich, warum ein Major der Leibgarde dem eigenen König nach dem Leben trachten sollte. Die Lösung ist, dass Sie, Herr von Schlier, in gewisser Weise rekrutiert wurden, so wie dieser Pfleger Wilhelm ebenfalls rekrutiert wurde. Sie beide sind, oder waren, deutschnationale Wirrköpfe – Mitglieder eine Gruppe von Agitatoren, die sich bedingungslos Kaiser Wilhelm unterwerfen wollen.«

»Jetzt sind Sie völlig irre geworden«, erwiderte von Schlier.

»Das ist Ihre Meinung, Herr Major. Meine Behauptung bezieht sich auf die Eindrücke von Prinzessin Therese, die schon länger eine gegen Otto gerichtete Verschwörung vermutet, eine Gefahr im engeren Umkreis des Königs direkt im Schloss Fürstenried. Weiter weiß ich, dass Sie und Wilhelm über Oberst Gattlinger erfahren haben, dass wir hier in Würzburg sind. Herr Doktor Hubrich, der Chefarzt der Irrenanstalt in Werneck, hat durch einen Zufall Otto in Würzburg erkannt und den Oberst in Fürstenried informiert. Gattlinger ist die Schlüsselfigur, bei ihm laufen die Fäden zusammen. Er ist ein gefährlicher Lakai des Kaisers in Berlin. Mit unserer Fahrt nach Würzburg war für ihn die Gelegenheit günstig, seine schon lange bestehenden schäbigen Pläne in die Tat umzusetzen. War doch der König inkognito und ohne Personenschutz weit weg von der Hauptstadt unterwegs. Es musste daher schnell gehandelt werden. Der Oberst hat Sie, Herr von Schlier, hierhergeschickt und über weitere Mittelsmänner diesen Wilhelm informiert. Die Gelegenheit war günstig. Otto lag unbeaufsichtigt in seinem Krankenzimmer. Und Sie, Herr Major, waren kurz davor, Ihren Auftrag zur vollsten Zufriedenheit Ihres Vorgesetzten auszuführen. Viel hat nicht gefehlt. So haben Sie nun jedoch versagt.«

Von Schlier schüttelte seinen Kopf. »Was für ein Unsinn, nichts als Lügen und Verleumdungen. Thesen, die Sie nicht mal im Ansatz beweisen können.«

»Falsch!«, erwiderte Hiebler. »Es gibt Beweise.«

Alle Anwesenden sahen nun gebannt auf ihn. »Stichhaltige Beweise, Herr Major. Ich habe vor einer knappen Stunde mit Herrn von Feilitzsch telefoniert. Oberst Gattlinger wurde in München am frühen Nachmittag verhaftet. Er war sofort geständig. Der Minister war selbst verwundert, wie gering Gattlingers Widerstand war. Es muss für ihn fast eine Erleichterung gewesen sein, seine Verbrechen zu gestehen. Der Oberst hat alles gestanden, Herr Major, alles einschließlich des Befehls an Sie, den König zu eliminieren. Das Spiel ist also aus!«, sagte Hiebler und setzte ein triumphierendes Lächeln auf.

Dann wandte er sich zu Deschel. »Friedhelm, wenn du jetzt bitte Herrn von Schlier verhaftest!«

Etwas zögerlich ging Deschel auf von Schlier zu.

»Sie wollen mich verhaften? Sie?«, fragte der Major und stand auf. »Wollen Sie mich Händchen haltend in die Wache geleiten? Unsinn, Sie werden gar nichts machen.«

Der Major zog seinen Revolver aus dem ledernen Halfter und schoss in die Decke. Alle zuckten zusammen. »Dieses Mal fange ich wirklich mit dem Warnschuss an, bevor lebende Ziele anvisiert werden. Ab sofort bestimme ich, wo es langgeht. Wer sich wehrt, der wird erschossen!«, schrie er unmissverständlich für alle Anwesenden.

Kapitel fünfzehn

Otto schrak in seinem Bett hoch, als er den Schuss hörte. Er vernahm eine laute Männerstimme durch die angelehnte Tür. Dann stand er auf.

»Der Glabaratsch hat's gesagt: Jetzt kommt der Teufel. Aus ist's, aus ist's, aus ist's«, murmelte er vor sich hin und ging Richtung Stiegenhaus. Am oberen Ende der Treppe blieb er stehen und horchte. Jetzt verstand er mehr.

»Sie gehen nun alle langsam durch die Küche zur Speisekammer«, hörte er die laute Stimme von Schliers nach oben dröhnen. »Und glauben Sie nicht, dass ich nicht weiß, dass der Revolver des Gendarmen in der Schublade der Geschirrkommode liegt. Sie waren ja dämlich genug, mir das zu erzählen. Also, schön langsam gehen und einen großen Bogen um die Kommode machen.«

Otto kratzte sich an den Armen. Er wand sich wie eine Schlange hin und her, unsicher, was jetzt zu tun sei. »Der Teufel ist's, der Teufel ist's – Lu, La, Lu … komm hilf, der Teufel ist's«, greinte er. Dann ging er langsam Stufe für Stufe die Treppe hinunter.

In der Küche trieb währenddessen von Schlier Therese und die drei Männer vor sich her. »Ich möchte jetzt, dass Sie alle gemeinsam in die Speisekammer gehen.«

»Was haben Sie vor?«, fragte Therese.

»Ruhe! Befolgen Sie meine Anweisungen und gehen Sie in die Speisekammer!«, erwiderte von Schlier und richtete die Revolvermündung auf sie. Erschrocken trat Therese einen Schritt zurück.

»Herr Major von Schlier, so geben Sie doch auf. Es ist sinnlos. Ihr Vorhaben, Ihre Organisation, Ihre Führungsebene – alles hat sich aufgelöst. Sie machen es nur noch schlimmer«, sagte Hiebler mit leiser beruhigender Stimme.

»Sie sollen Ihr Maul halten!«, erwiderte von Schlier und schoss erneut in die Decke.

Therese schrie kurz auf, auf die Glatze von Franz fiel etwas weißer Putz.

»Gehen Sie in die Speisekammer! Jetzt sofort!«, sagte der Major.

Zögerlich wurden seine Anweisungen befolgt. Franz öffnete die Tür zur Kammer und ging als Erster in den dunklen Raum. Hier gab es weder Fenster noch künstliches Licht. Die anderen drei folgten ihm. Kaum dass mit Hiebler der Letzte im Raum war, schloss von Schlier rasch die Tür und schob den Riegel vor.

»Herr Major, hören Sie auf damit, das hat doch alles keinen Sinn«, rief Hiebler durch die Tür.

»Was hat er vor?«, flüsterte Therese.

»Wenn wir Glück haben, will er sich nur einen Vorsprung verschaffen«, erwiderte Franz. »Wenn wir Pech haben, zündet er das ganze Haus einschließlich uns und König Otto in seinem Zimmer an.«

»Franz, hören Sie auf damit«, sagte Therese und seufzte.

Dicht aneinandergedrängt standen sie regungslos in der engen Kammer. Unter der abgesperrten Tür zur Küche drang ein schwacher Lichtschein in den Raum, der gerade mal ausreichte, zehn Zentimeter des Bodens auszuleuchten. Ansonsten herrschte absolute Dunkelheit.

Hiebler wurde nun zunehmend unruhig. Die schlechte Luft und die Finsternis in dem engen Raum setzten ihm zu. Er spürte langsam, wie sich Panik in seinem Kopf breitmachte. Unbeholfen klopfte er an die Tür. Als keine Reaktion folgte, trommelte er mit beiden Fäusten gegen die Tür. »Lassen Sie uns raus!«, schrie er jetzt. »Herr von Schlier! Öffnen Sie die Tür und …«

In diesem Moment hörten sie erneut einen Schuss. Alle hielten kurz inne.

»Aufmachen, verdammt, lassen Sie uns raus«, schrie Hiebler weiter und trommelte gegen die Tür.

»Still, Georg!«, unterbrach ihn Deschel. »Ich höre etwas.«

Hiebler hörte auf. Jetzt war nur mehr sein lautes und angestrengtes Atmen zu hören. Dann folgten seltsame Geräusche an der Tür … jemand zog den Riegel zurück und drückte die Klinke … die Tür öffnete sich einen Spalt … gleißendes Licht ergoss sich in den Raum.

Therese, Franz, Deschel und Hiebler sahen zunächst nur die Silhouette einer dünnen Person. Sie kniffen die

Lider zusammen, um mehr zu sehen. Langsam passten sich ihre Augen der Helligkeit an. Jetzt erkannten sie, dass es nicht Major von Schlier war.

»Thereschen? Bist du da drin?«

»Otto!«, jauchzte Therese. Sie schob sich hektisch an Hiebler und Deschel vorbei und umarmte stürmisch ihren Cousin. Otto erwiderte die Umarmung mit dem linken Arm. In der rechten Hand hielt er einen Revolver. Drei Schritte hinter ihm lag regungslos von Schlier auf dem Boden. Um seinen Kopf breitete sich eine auf dem Küchenboden zäh zerfließende Blutlache aus.

Langsam verließen die drei Männer die Speisekammer.

Franz nahm Otto vorsichtig den Revolver aus der Hand und reichte ihn an Deschel weiter. »Hier, der gehört wohl Ihnen«, sagte er.

Hiebler ging in die Hocke und warf einen Blick auf den toten Major. »Glatter Kopfschuss«, sagte er, während Deschel den Revolver in seinen Gürtel steckte.

Otto löste sich aus Thereses Umarmung und drehte sich zu Hiebler um. »Der Teufel war's, ich hab's genau gewusst, der Teufel war's«, sagte er und spuckte auf von Schliers toten Körper.

»Komm, wir gehen raus hier«, sagte Hiebler zu Deschel und erhob sich. »Ich brauche frische Luft.«

Während Deschel und Hiebler durch den Flur vor das Haus gingen, hakten sich Franz und Therese bei Otto ein und führten ihn in die Wohnstube. »Woher wusstest du, dass in der Kommode ein Revolver war?«, fragte

Franz, als sie an der offenen Schublade des Möbelstücks vorbeigingen.

»Der Glabaratsch hat es mir gesagt, wer sonst?«, antwortete Otto.

Therese schüttelte den Kopf und streichelte Otto die Wange.

Draußen angekommen, setzten sich Deschel und Hiebler auf die Bank. Sie atmeten tief durch, lauschten dem Rauschen des Steinbachs und blickten nachdenklich ins Leere.

»Und nun?«, fragte Deschel nach einer Weile.

»Das fragst du mich?«, erwiderte Hiebler.

»Na ja, wie geht es jetzt weiter?«, fragte Deschel erneut.

»Ganz einfach, du gehst in die Wache, schickst noch ein oder zwei Gendarmen und eine Kutsche zum Abtransport der Leiche. Ich packe später meine Tasche, und morgen fahren wir zurück nach München. Dann ist die Sache erledigt, und du bist mich wieder los, Friedhelm – vorerst zumindest«, antwortete er lächelnd.

Deschel nickte kurz. »Gut, dann mach ich mich mal auf den Weg«, sagte er, stand auf und setzte sich in Bewegung.

»Warte kurz, Friedhelm!«, rief ihm Hiebler hinterher. »Ich komme mit.«

Gemeinsam gingen sie die Mergentheimer Straße am Main entlang flussabwärts Richtung Würzburger Innenstadt.

»Ich müsste noch ein Ferngespräch tätigen. Kann ich den Apparat bei dir in der Wache benutzten?«, fragte Hiebler, nachdem sie ein paar Schritte gegangen waren.

»Natürlich kannst du das«, antwortete Deschel. »Ich gehe mal davon aus, dass du den Minister über den Tod von Major von Schlier unterrichten möchtest?«

»So ist es«, antwortete Hiebler. »Und ich sollte ihm mitteilen, dass Oberst Gattlinger unter hochgradigem Verdacht steht, ein Attentat auf König Otto geplant und koordiniert zu haben. Der Oberst muss daher sofort verhaftet werden.«

Deschel blieb stehen. »Wie, er muss verhaftet werden? Du meintest doch vorhin, dass er schon gestanden hat? Seine Aussage war der Schlüssel, mit dem du von Schlier überführen konntest.«

»Habe ich das tatsächlich so gesagt?«, erwiderte Hiebler und lächelte breit. »Dann war ich wohl mal wieder etwas zu forsch und habe überstürzt gehandelt. So bin ich halt. Immer das Gleiche mit mir.«

Deschel schüttelte den Kopf und ging weiter. »Eines muss man dir lassen, Georg: Du kannst lügen, ohne rot zu werden.«

Grinsend gingen sie nebeneinander weiter.

»Übrigens Kompliment für die hervorragende Arbeit«, sagte Hiebler nach einer Weile.

»Was meinst du denn damit, Georg?«

»Na ja, dass du es in der Kürze der Zeit geschafft hast herauszufinden, dass Wilhelm Köpke Mitglied einer deutschnationalen Gruppe und Verbreiter dieser Flugblätter war. Das war *à la bonne heure*! Hätte ich dir nicht zugetraut. Wie ist dir denn das gelungen?«

Deschel ging schweigend mit einem Lächeln auf den Lippen weiter.

»Friedhelm?«, hakte Hiebler nach. »Bekomme ich eine Antwort?«

»Ein Vögelchen hat es mir gezwitschert, als ich vorhin auf einen Schoppen *Silvaner* beim *Marktschank* eingekehrt war. Weißt du, Georg, du bist nicht der Einzige, der lügen kann, ohne rot zu werden«, sagte Deschel und kicherte leise.

Epilog

Zwei Jahre später

HIEBLER HATTE DIE Einladung bereits Anfang Oktober erhalten. Zunächst konnte er das Schreiben von der *Königlich Bayerischen Akademie der Wissenschaften* nicht einordnen. Die Welt der Forschung war ihm fremd – immer schon gewesen. Auch sein Studium der Rechtswissenschaften hatte für ihn Zweckcharakter. Die Universität war ähnlich wie zuvor die Schule Voraussetzung für eine spätere Karriere in der Verwaltung. Man studierte nicht, um Wissen zu generieren oder sich mit komplexen Sachverhalten auseinanderzusetzen, man lernte Dinge auswendig, um die Prüfungen zu bestehen. Hiebler war kein Wissenschaftler. Warum sollte er folglich Post von der Akademie bekommen?

»Einladung zur öffentlichen Sitzung der Akademie im Herkulessaal der Münchner Residenz«, las er erneut. Erst als er die einzelnen Programmpunkte durchging, war ihm klar, wem er das Schreiben zu verdanken hatte.

Am späten Nachmittag des 16. November 1892 verließ Hiebler das Ministerium und ging den kurzen Weg zur Residenz. Er musste nur den Odeonsplatz überqueren. Von seinem Büro bis zum Festsaal brauchte er nicht länger als drei Minuten. Er trug Frack, Zylinder, weiße Handschuhe und in Anbetracht der kühlen Witterung einen langen schwarzen Lodenmantel. Über den Hofgarten ging er zum Haupteingang des Festsaaltrakts der Residenz. Vor der klassizistischen Fassade mit den monumentalen Bogengängen hatten sich bereits mehrere Dutzend Personen versammelt und unterhielten sich angeregt in kleineren Grüppchen. Hiebler sah fast nur Männer, die wie er festlich gekleidet waren. Als er in das Gebäude ging, wurde er von einigen der Anwesenden gemustert. Alle schienen mindestens 20 Jahre älter als er selbst zu sein. Sein jugendliches Gesicht fiel auf.

Er gab Mantel und Hut einer Garderobendame am Eingang, dann folgte er einer Gruppe laut und eifrig diskutierender älterer Herren, die sich an ihm vorbei in Richtung des Saals bewegten. Vor geöffneten gläsernen Türflügeln standen zwei Wachmänner, welche die Einladungskarten kontrollierten. Dann ging es weiter in ein weitläufiges Foyer. Mehrere Diener stellten Champagnergläser auf mit schweren weißen Tischdecken geschmückten Tischen am Rand der Vorhalle ab. Hiebler erinnerte sich, dass der letzte Punkt des Programms einen »Festlichen Umtrunk im Foyer« versprach. Er ging weiter in den Saal. Etwa die Hälfte der Sitzplätze war bereits besetzt. Hiebler nahm im hinteren Drittel Platz. Vorne auf der Bühne stimmten die

Musiker eines Streichquartetts ihre Instrumente. In der Mitte war ein Rednerpodest. Er bemerkte, dass die vorderen beiden Reihen nicht besetzt waren und insgesamt fünf Soldaten vor der Bühne und an einem Seiteneingang kurz davor positioniert waren. Etwas nervös sah er auf seine Taschenuhr. Um ihn herum füllten sich die verbliebenen freien Plätze.

Zwei Minuten später öffnete ein Soldat die Tür des Seiteneingangs vor der Bühne. Alle Anwesenden erhoben sich von ihren Plätzen. Der Prinzregent in dunkelblauer Festuniform mit rotem Kragen betrat den Saal. Er sah sich kurz um und nickte einigen, in den vorderen Reihen sitzenden Personen freundlich lächelnd zu. In Begleitung des Regenten waren Prinzessin Therese und ihre Brüder, die Prinzen Ludwig, Leopold und Arnulf. Therese blickte starr nach vorne und setzte sich auf einen Stuhl in der ersten Reihe. Auf Hiebler wirkte sie ungewöhnlich nervös und angespannt.

Nach Einzug der königlichen Familie nahmen alle Anwesenden wieder Platz. Jetzt war es sehr still im Saal. Das Quartett spielte ein Musikstück, gefolgt von eher zurückhaltendem Applaus. Die Musiker bedankten sich mit einer kurzen Verbeugung und verließen die Bühne. Schließlich bewegte sich ein älterer Mann mit energischem Schritt zum Rednerpult. Der Mann war von kräftigem und etwas untersetztem Körperbau. Sein Schädel hatte eine quadratische Form und war von einem grau melierten Haarschopf und Vollbart umrandet. Der Kopf ging ohne Hals direkt in die kräftigen Schultern über. Seine Augenbrauen waren buschig und die Nase klobig. Trotz des Fracks sah er aus wie ein Bauer und weniger wie ein Wissenschaftler.

Der Mann legte eine Mappe auf das Pult, machte vor der königlichen Familie eine Verbeugung und warf einen Blick auf das Publikum. Sofort wurde es still. Die Festsitzung wurde vom Präsidenten der Akademie, Geheimrat Professor Doktor Max von Pettenkofer, eröffnet.

»Die heutige Festsitzung der *Königlichen Akademie der Wissenschaften* findet statt zu Ehren ihres Protektors, Seiner Königlichen Hoheit des Prinzregenten Luitpold von Bayern«, begann er. Er sprach laut, langsam und mit unüberhörbar bayerischem Akzent. »Die Akademie blickt jedes Jahr an diesem Tag dankbar auf zu ihrem Protektor, Freund und Förderer. Wir gedenken dabei Ihrer Stiftung und Entwicklung durch allerhöchst dessen Vorfahren aus dem Hause Wittelsbach.«

Pettenkofer verbeugte sich erneut vor dem Prinzregenten. Alle Anwesenden standen auf und klatschten.

Der Geheimrat wartete einen Moment, dann fuhr er fort. »Und somit habe ich als Präsident dieser Versammlung die Wahl eines Ehrenmitgliedes zu verkünden, und zwar – was bisher noch nicht dagewesen ist – eines weiblichen. Nach den derzeit gültigen Gesetzen können Frauen nicht Mitglieder einer der drei Klassen der Akademie werden, auch nicht, wenn sie sich in einer Fachwissenschaft vor Männern hervorgetan haben. Anders liegt es bei den Ehrenmitgliedern. Die Konstitutionsurkunde der *Königlichen Akademie der Wissenschaften* vom 1. Mai 1807 bestimmt, dass zu Ehrenmitgliedern Persönlichkeiten gewählt werden können, welche – ich zitiere – nach ihren Verhältnissen die Bedingungen zu ordentlichen Mitgliedern nicht erfüllen, aber sonst durch Rang oder andere äußere Verhältnisse, verbunden mit wissenschaftlichen Kenntnissen und Liebe zu den Wissenschaften, zur Beförderung der Zwecke der Akademie beitragen können.«

Pettenkofer sah von seinem Manuskript hoch. Gönnerhaft lächelnd blickte er auf Therese. Dann fuhr er fort.

»Es konnte uns nur erfreulich sein, eine Dame von hohem Range aus dem Hause Wittelsbach zu wissen, welche alle diese Voraussetzungen in reichem Maße erfüllt hat. Sie hat durch ihre Sprachstudien, durch den Erwerb wertvoller naturwissenschaftlicher Sammlungen, die sie uneigennützig auch dem wissenschaftlichen Fundus des Staates übereignete, nicht nur große Liebe zu den Wissenschaften gezeigt. Nein, sie ist auch literarisch durch Beschreibung ihrer Reisen nach Norwegen, an den Polarkreis und nach Russland hervorgetreten. Gegenwärtig arbeitet die hohe Dame wieder an einem großen Reisewerk über Brasilien. Die Mitglieder der Akademie wählten demnach Ihre Königliche Hoheit, Prinzessin Therese von Bayern, zum Ehrenmitglied.«

Pettenkofer sah erneut hoch und signalisierte Therese mit einer Handbewegung, auf die Bühne zu kommen. Schüchtern lächelnd folgte Therese seinen Anweisungen. Sie ging die fünf Stufen zur Bühne hoch und blieb seitlich neben dem Geheimrat stehen. Pettenkofer verbeugte sich vor ihr, nahm die Mappe, öffnete sie und las laut vor: »Aufgrund ihrer Verdienste für die Wissenschaften wird mit heutigem Datum Ihre Königliche Hoheit, Prinzessin Therese von Bayern, zum Ehrenmitglied der Geographischen Gesellschaft sowie der Bayerischen Akademie der Wissenschaften ernannt.« Er klappte die Mappe wieder zu und überreichte sie mit einer Verbeugung Therese.

»Danke schön«, flüsterte Therese.

Nun standen alle auf. Es gab anhaltenden Applaus.

Dann kamen die Musiker wieder auf die Bühne und spielten ein weiteres Stück.

Nach dem Ende der Veranstaltung strömten die Teilnehmer in das Foyer und eilten durstig zu den vollen Champagnergläsern. Hiebler nahm sich ebenfalls ein Glas. Erneut wurde um ihn herum ausgiebig diskutiert, gelacht und angestoßen. Er selbst fühlte sich etwas fehl am Platze. Hastig leerte er sein Glas. Dann zog er seine Taschenuhr, blickte gelangweilt auf das Ziffernblatt und beschloss, dass es Zeit wäre zu gehen. Er reichte das Glas einem Diener und ging Richtung Ausgang.

»Georg!«, hörte er plötzlich eine weibliche Stimme seinen Namen rufen. »Georg! So bleiben Sie doch.«

Hiebler drehte sich um und sah Therese freudestrahlend auf ihn zueilen.

Ähnlich wie bei ihrer ersten Begegnung war Hiebler verwundert, wie jung sie aussah. Mittlerweile war sie schon über 40 und somit nicht mehr weit entfernt vom durchschnittlichen Alter der Professoren und Gelehrten um sie beide herum.

»Ich bin so froh, dass Sie der Einladung gefolgt sind, Georg«, begann Therese.

Stolz erwiderte Hiebler ihr Lächeln. »Ich habe mich dafür zu bedanken, Königliche Hoheit«, sagte er. »Herzlichen Glückwunsch zur Ehrenmitgliedschaft. Ich kann mir vorstellen, dass dies sehr viel für Sie bedeutet.«

Etwas beschämt blickte Therese zu Boden. Dann sah sie wieder auf Hiebler. »Das tut es in der Tat«, antwortete sie. »Ich gehe mal davon aus, dass Geheimrat Pettenkofer seine Worte ernst meinte und ich nicht nur aufgrund meines Namens ausgezeichnet wurde.«

»Ganz sicher nicht, Therese. Ich weiß, wovon ich spreche. Ich habe Ihr Wissen selbst erleben dürfen.«

Sie blickte ihn verwundert an. Dann musste sie lächeln. »Sie meinen, die Geschichte mit der Pilzvergiftung in Würzburg?«, fragte sie leise.

Hiebler nickte. »Wie geht es Seiner Majestät?«, fragte er.

»Soweit ganz gut. Ich habe ihn vor drei Wochen in Fürstenried besucht. Lassen Sie es mich so zusammenfassen: Die Dementia scheint sich zumindest nicht zu verschlechtern.«

»Das ist gut«, erwiderte er. »Sie wissen, was aus Oberst Gattlinger geworden ist?«

»Ja, er sitzt im Kerker und wurde unehrenhaft aus dem Regiment entlassen.«

»Wir sind immer noch dabei, weitere Anhänger dieser deutschnationalen Terrorgruppe zu finden und hinter Schloss und Riegel zu bringen«, fuhr Hiebler fort. »Es sind doch mehr, als man denkt.«

Therese drehte sich um und kontrollierte, ob sie jemand belauschte. »Stechen Sie nicht zu tief in dieses Wespennest hinein«, sagte sie schließlich. »Die bedingungslosen Unterstützer Kaiser Wilhelms sind inzwischen überall. Selbst hier in der Residenz. Die Zeiten haben sich geändert, Georg.«

»Was meinen Sie damit?«, fragte Hiebler.

»Der Kampf ist vorbei«, antwortete sie. »Wir haben aufgegeben. Auch mein Vater, der Prinzregent. Er hat sich damit abgefunden, Bayerns Landesvater zu sein. Winken, lächeln, Hände schütteln – mehr darf er nicht. Die bayerischen Interessen wurden dem Reich geopfert. Gattlinger, von Schlier und all die anderen hätten sich ihre Gewalttaten sparen können. Die Politik wird auch so mittlerweile woanders gemacht, weit weg von München, im fernen Berlin.« Sie hob die Schultern und presste die Lippen zusammen. »Na ja, wer weiß, Georg, vielleicht ist es auch besser so. Wie gesagt: Die Zeiten haben sich geändert.«

Nachdenklich strich sich Hiebler den Schnurrbart glatt. Er wirkte besorgt. Therese bemerkte dies. Mit einem Lächeln auf den Lippen drückte sie seine freie linke Hand. Genau wie bei ihrem ersten Treffen im Ministerium zuckte Hiebler kurz bei der Berührung zusammen. Dann erwiderte er ihr Lächeln.

»Machen Sie sich keine Sorgen, Georg«, fuhr Therese fort. »Sie sind jung und begabt. Sie werden Ihren Weg machen, egal unter welchen Umständen.«

Hiebler nickte.

Therese blickte sich erneut um. Dann drückte sie Hieblers Hand ein weiteres Mal etwas fester. »Sie entschuldigen mich, Georg, aber ich muss mich jetzt verabschieden. Meine Brüder warten auf mich.«

Hiebler verbeugte sich. »Es war, nein, es ist mir eine große Ehre, Ihre Bekanntschaft gemacht zu haben.«

»Gleiches gilt für mich«, sagte Therese, ließ seine Hand los und errötete etwas. Dann drehte sie sich um und ging zurück.

In einem Salon im Schloss Fürstenried lehnte sich zur gleichen Zeit König Otto I. von Bayern an eine mit Matratzen gepolsterte Wand. »Lu, La, Lu … Lu, Lu, Lu … Lu, La, Lu …«, murmelte er monoton und starrte ins Leere. Dann ging er drei Schritte vor und anschließend wieder drei zurück. Mit krummem Rücken hielt er beide Hände vor der Brust ineinander verschränkt. Er kratzte sich abwechselnd mit der linken und rechten Hand am jeweils anderen Unterarm. »Lu, La, Lu«, brabbelte er weiter vor sich hin. Die Haare standen wirr vom Kopf ab, der Bart war ungekämmt und ungepflegt. Statt der eines Mannes seines Standes angemessenen Kleidung trug er nur ein schmutziges Hemd. Ansonsten war er nackt. Leise die bekannten eintönigen Silben murmelnd ging er vor und zurück. Dann blieb er plötzlich stehen. Er streckte den Rücken durch, sah hoch zur Decke, hob seinen rechten Arm und schrie: »Ja … ja … der Glabaratsch! Der Glabaratsch, der Datsch! … Der Teufel wird uns alle holen!«

Dann nahm der verrückte König der Bayern wieder eine gebückte Körperhaltung ein. Er kratzte sich an den

Armen und setzte seinen monotonen Singsang mit den Schritten – drei vor und drei zurück – fort.

ENDE

Anmerkungen des Autors

BAYERNS UNGLÜCKLICHSTER KÖNIG, so lautet der Titel der 2016 im Verlag Sankt Michaelsbund von Alfons Schweiggert erschienenen Biografie über Otto I. – ein sehr lesenswertes Buch, welches mir zur Recherche diente. Ein wahrlich treffender Buchtitel, macht man sich mit Ottos Schicksal vertraut.

Ludwig II., den Märchenkönig, kennt sicherlich jeder. Sein jüngerer Bruder Otto, der immerhin offiziell 30 Jahre lang Bayerns König war, blieb unbekannt. Ein unglücklicher Mensch, ein psychisch Kranker, der vor seinem Volk, das er aufgrund seiner Geisteskrankheit nicht regieren durfte, weggesperrt wurde.

Diese tragische Figur bietet gemeinsam mit Prinzessin Therese von Bayern, Ottos Cousine, den historischen Aufhänger des dritten Georg-Hiebler-Romans. Die enge Beziehung zwischen Otto und Therese war übrigens echt, wie man in der ebenfalls sehr lesenswerten Biografie über Therese von Bayern nachlesen kann (geschrieben von Hadumod Bußmann und erschienen 2014 im Insel Verlag). Ob beide zusammen in Würzburg waren und ob Otto dort tatsächlich das Opfer einer gegen ihn gerichteten Verschwörung wurde, mag allerdings bezweifelt werden.

Wahr ist jedoch, dass in der sogenannten »Prinzregentenzeit« das Ende der Monarchie in Bayern eingeläutet wurde und deutschnationale Kräfte zunehmend an Einfluss gewonnen haben. Weitere Majestäten sollten nicht neben dem übermächtigen Kaiser in Berlin geduldet werden. Ziel war die Schaffung eines Nationalstaats, der sich gegen die anderen europäischen Mächte behaupten wollte. Eine Bewegung, die letztendlich in einer der großen Katastrophen des letzten Jahrhunderts, dem Ersten Weltkrieg, endete.

Unabhängig von den weltpolitisch bedeutsamen Ereignissen, erschien mir dieser Hintergrund als perfekte Basis für einen Krimi mit dem historischen Würzburg des ausgehenden 19. Jahrhunderts als Kulisse. Das *Käppele* mit dem Kreuzweg gibt es natürlich noch, die Psychiatrische Klinik ist hingegen mittlerweile umgezogen, ebenso der Botanische Garten.

Neben Otto und Therese als reale Personen, gab es tatsächlich alle im Buch erwähnten Ärzte. Sie sind ein Teil der Medizingeschichte der unterfränkischen Universitätsstadt.

Und die erfundenen Figuren?

Friedhelm Deschel bleibt, wie er ist. Georg Hiebler, mittlerweile Ritter von Hiebler, ist hingegen gereift. Er ist ein echter Held und kluger Ermittler geworden. Dieses Mal übersteht er die Geschichte auch relativ unbeschadet. Ob das dauerhaft so ist? Bleiben Sie, liebe Leserin, lieber Leser, gespannt. Die Romanreihe wird fortgesetzt.

Somit bin ich auch schon bei meinen Danksagungen: Dank an mein bewährtes Testleserteam, Dank an meinen Würzburg-Experten, Testleser und Korrektor Helmut Ziegler, sowie großen Dank an das Team vom Gmeiner Verlag und insbesondere an Claudia Senghaas.

Ich hoffe, dass das Lesen des Buches Ihnen genauso viel Freude bereitet hat wie mir das Schreiben.

Herzlichst!

Alexander Meining

*Weitere Titel finden Sie auf den
folgenden Seiten und im Internet:*

WWW.GMEINER-VERLAG.DE

Alle Bücher von Alexander Meining:

Assessor Georg Hiebler ermittelt:
1. Fall: Mord im Ringpark
ISBN 978-3-8392-0284-5

2. Fall: Würzburger Dynamit
ISBN 978-3-8392-0520-4

3. Fall: Die Käppele Verschwörung
ISBN 978-3-8392-0684-3

4. Fall: Wildwest in Würzburg
ISBN 978-3-8392-0684-3

Der alte Mann vom Main
ISBN 978-3-8392-0917-2

WWW.GMEINER-VERLAG.DE
Wir machen's spannend

Silvia Heid
Flammen über dem Taubertal
Historischer Roman
544 Seiten, 12,5 x 20,5 cm,
Klappenbroschur
ISBN 978-3-8392-0875-5

Unterfranken, 1524. Armut, Erniedrigung und Gewalt gehören für die junge Magd Madlen auf der Burg Vogtsberg zum Alltag. Als böse Zungen sie der Hexerei bezichtigen, sieht sie die Flucht aus der Leibeigenschaft als einzigen Ausweg. Sie gelangt nach Würzburg, wo sie als Magd eines Apothekers ein neues Leben beginnen will. Doch ihre Vergangenheit holt sie ein und treibt sie in die Wirren des Bauernkriegs. Inmitten des Aufruhrs lernt sie den charismatischen Bauernführer Florian Geyer kennen. Doch gibt es in diesen düsteren Zeiten eine Hoffnung für ihre Liebe?

GMEINER SPANNUNG

WWW.GMEINER-VERLAG.DE
Wir machen's spannend

Silvia Stolzenburg
Das Pestmädchen und der Medicus
Historischer Roman
480 Seiten, 12,5 x 20,5 cm,
Broschur
ISBN 978-3-8392-0852-6

Augsburg, 1462: Linas Gemahl ist tot, ihre Zukunft als Witwe ungewiss. Einzig der Verkauf von Heilmitteln schafft ihr ein spärliches Auskommen. Aus Angst, ihre große Liebe, den Wundarzt Ulrich, mit ins Unglück zu stürzen, verbietet sie sich ihre Gefühle für ihn. Eines Tages wird sie auf dem Heimweg vom Markt angegriffen und nur wenig später entgeht sie nach einem nächtlichen Überfall nur knapp dem Tod. Lina wird klar: Jemand trachtet ihr nach dem Leben. In ihrer Not sucht sie Unterschlupf bei dem berüchtigten Herrn der Bettler. Doch treibt er ein falsches Spiel?

WWW.GMEINER-VERLAG.DE
Wir machen's spannend

LeonhardMichael Seidl
Finessensepperl
Historischer Roman
240 Seiten, 12,5 x 20,5 cm,
Klappenbroschur
ISBN 978-3-8392-0874-8

Der Sepperl hat es nicht unbedingt mit der großen Politik. Mit der kleinen allerdings auch nicht. Seine Profession ist eine andere, eine parfümige: Er ist ein Postillon d?Amour, trägt delikate Briefe aus. Manchmal auch erotische Literatur oder konfiszierte Druckwerke an Geheimbünde. Der Sepperl gilt bis in die allerdurchlauchtigsten Kreise als äußerst zuverlässig, denn er hat einen Vorteil: Er kann nicht lesen. Noch nicht. Denn die Nanni, seine Lebensgefährtin, drängt ihn, es zu lernen. Schnell merkt der Sepperl: Wer lesen kann, lebt gefährlich.

GMEINER SPANNUNG

WWW.GMEINER-VERLAG.DE
Wir machen's spannend

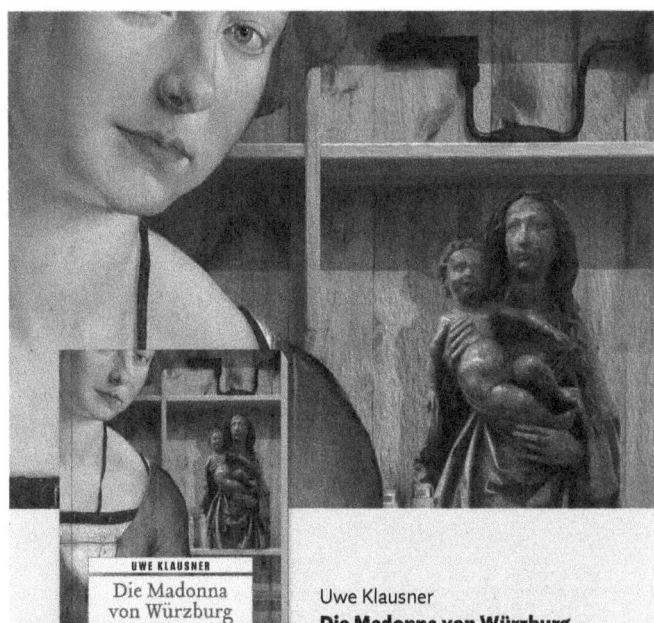

Uwe Klausner
Die Madonna von Würzburg
Historischer Roman
352 Seiten, 12,5 x 20,5 cm,
Broschur
ISBN 978-3-8392-0861-8

Würzburg, 1525. Luzia, Tochter des Bildschnitzers Tilman Riemenschneider, ist am Boden zerstört: Der Straßenmaler Wenzel ist verschollen. Als sie wenig später erfährt, dass er sich den aufrührerischen Bauern angeschlossen hat, gerät Luzia zwischen die Fronten: Hier ihr Vater, der renommierte und pazifistische Künstler, dort der Mann, zu dem sie sich hingezogen fühlt, dessen Fanatismus im Dienste der »Schwarzen Schar« sie jedoch abschreckt. Luzia steht vor einer schwierigen Entscheidung.

WWW.GMEINER-VERLAG.DE
Wir machen's spannend

Gretel Mayer
Das Geheimnis von Murnau
Zeitgeschichtlicher Kriminalroman
288 Seiten, 12,5 x 20,5 cm,
Broschur
ISBN 978-3-8392-0849-6

Im Herbst 1925 wird Johann Reintaler im Murnauer Moos brutal ermordet aufgefunden und für Kommissar Heini Bieder beginnt eine schwierige Ermittlung. Hat der Wirt Sigi Kammleitner, bei dem Reintaler hohe Spielschulden hatte, etwas mit dem Mord zu tun oder gar die Schwester des Mordopfers, die dessen Gläubiger angeblich als »Pfand« angeboten wurde? Oder liegt der Schlüssel zum Verbrechen in den Ereignissen von 1909, als im Murnauer Russenhaus Gabriele Münter und Wassily Kandinsky künstlerische Meisterwerke des Blauen Landes schufen?

WWW.GMEINER-VERLAG.DE
Wir machen's spannend